Yoshihito & Yajima
「義を継ぐ者」

こんな顔は誰にも見られたくはない。

そう思って慶仁が矢島を突き放そうとしたら、
彼の腕が自分の体を思いのほか強く抱き締めた。

「お、おい……っ」

離せと言うつもりだった。だが、それよりも早く矢島が言った。

「泣きたいときは泣けばいい。俺以外は誰もいないから」

（本文P.65より）

義を継ぐ者

水原とほる

キャラ文庫

この作品はフィクションです。
実在の人物・団体・事件などにはいっさい関係ありません。

目次

義を継ぐ者

口絵・本文イラスト／高階　佑

◆

その屋敷は閑静な住宅街の中に佇《たたず》む、ありがちな洋風の豪邸だった。

表札には「桂慶次郎《かつらけいじろう》」の名前が挙がり、その横には「カツラ・エンタープライズ」の金色の看板があるだけだ。だが、ここは構成員四千名余り、準構成員千名以上を抱え、元締めが暴力団とは知らず働いている従業員を合わせれば六千名近くになる組織を束ねている、「関東師憂《かんとうしゆう》連合俠錬会桂組《れんごうきょうれんかい》」の総本部であった。

屋敷の内部は支配下にある各組に指示を出す司令部であり、多くの本家舎弟が日々のシノギを計算しては投資運用にまわすなど、組織維持のための活動に余念がない。

そして、そのトップに君臨しこれらの活動を監督しているのは、今年で七十二歳になる桂組の創設者、桂慶次郎である。年齢のわりにまだ矍鑠《かくしゃく》としたもので、現在も現役で組織に睨《にら》みをきかせている。月に一度五日の日には、全国の幹部連中を呼び寄せて、定例会と報告会を行うのも彼の考えによるものだった。

その日、浅黄慶仁《あさぎよしひと》は会議に必要な書類を運んでおくため、少し早い時間に資料を抱えて会議室に向かった。その途中、屋敷の母屋の渡り廊下から一度庭に下りる。

広々とした庭が屋敷とは少々不似合いな和風の造りなのは、慶次郎の趣味だった。その離れに作られた会議室はゆうに五十名以上を収容できる建物で、外部から訪ねてきた幹部たちは駐車場から直接そこへ入れるようになっている。母屋とも渡り廊下で繋《つな》がっているが、慶仁がわざわざ庭に下りたのは、今が盛りと咲く椿《つばき》の花を眺めるためだった。わずかな時間でも自然に心を傾ければ、穏やかな気分になれる。

そう思うほどに、慶仁の日々は緊張と激務に追われていた。だが、それを苦痛に思ったこともないし、今の立場に不満を感じたこともない。これが自分の運命であり、受け入れるべき人生なのだ。

何本も並ぶ椿の木を見て回り、やがて立ち止まったのは宗庵《しょうあん》という名の白椿の前だった。純白で小ぶりな花がなんとも愛らしい。慶仁がふと頬《ほお》を緩めたとき、まだ会議には早い時間にもかかわらず、すでに屋敷に到着していた幹部連中が会議室へと向かう姿が見えた。

慶仁は彼らから隠れるように、素早く大きな石灯籠《いしどうろう》の陰に身を潜める。特に意味はない。ただ、自分がのんびりと花など眺めている姿を人に見られたくはなかっただけだ。彼らが会議室に入れば、自分ももう少し庭を散策して資料を運びにいけばいい。

ところが、彼らの足はすぐ先の池のそばで止まり、そこで世間話を始めた。

「今日も浅黄の野郎が会議の進行役かよ」

「まったく、平田《ひらた》の兄貴もよく辛抱しているよな」

「組長と縁のある人間なら、跡目の可能性もあるし、平田さんも声高に文句も言えまい」

「じゃ、あいつが組長の隠し子ってのは本当の話かよ？　俺はてっきりあいつ自身が組長の男妾かと思ってたぜ」

しっかりと慶仁の耳にまで届いた会話に少しだけ表情を曇らせたものの、こんなことは日常茶飯事でいちいち目くじらを立てるほどのことでもない。だが、さすがにこの状況では出ていくことはできない。今連中と顔を合わせれば互いに気まずい思いをすることになる。なので、ひたすら息を潜めていると、彼らの会話が続く。

「確かに、あの面だからな。あるいはそうかもな。隠し子ってのも噂《うわさ》にすぎねえし、むしろそっちのほうがありかもしれんな」

そう話していた男たちは、それから慶仁の容貌《ようぼう》についてひととおり言いたい放題言ってくれた。

生白い肌と女みたいな顔でいて、睨みをきかせた目つきの色っぽさは相当組長に仕込まれているに違いない。どこの馬の骨ともわからないから、二丁目あたりで拾ってきたんじゃないか。とはいえ、下手な歌舞伎役者よりよっぽど品があって、男にしておくには確かにもったいない。

おおよそそんな内容だったが、今自分が飛び出していったらこの連中はどんな顔をするのだろう。一瞬人の悪いことを思ったが、よけいな反感を買っても仕方がない。それに、連中から見れば慶仁はまさにそういう人間にしか見えなくて当然なのだ。

ようやく幹部二人が立ち話を止めて、その場を去ったときだった。慶仁も一息吐いて素知らぬ顔で会議室に向かおうとしたら、背後からどこか間延びした声が聞こえた。

「あんたさ、言われっぱなしでいいのかよ？　あんな連中、本家若頭補佐の一言で除名にできるんじゃないのか？」

ハッとして振り返ったら、そこには風に乱された前髪を後ろに撫《な》でつけている長身の男の姿があった。

細い襟のスーツと少し緩めたネクタイは、業界は業界でも暴力団というよりメディア関係の人間といってもいいような洒落《しゃれ》具合で、精悍《せいかん》な顔つきをしている彼自身が俳優としても通りそうな面立ちだった。

（確か、こいつは……）

定例会で過去に一度見かけたことがある顔だ。だが、どこの組の者だったか、彼の身元がすぐに思い出せない。

会議には各組の組長だけでなく、幹部クラスを一人二人つれてきて顔見せをしたり、報告の代行をさせたりすることがある。彼もどこかの組の幹部だったはずだが、それにしては年が若い。おそらく、慶仁と同じくらいか、あるいは二つ、三つ下かもしれない。

「どこの組のもんだ？」

思い出すのが面倒になりたずねた慶仁に、男は真っ直ぐに視線を向けて答える。

「大間《おおま》組の組付き総本部長の矢島《やじま》です。矢島濤士郎《とうしろう》。以前にも幹部会で顔を合わせているはずですがね。簡単に忘れられるほど印象が薄い男だったとは残念だ」

「ああ、そうだった。大間のところのもんだったな」

幹部会の中で、慶仁と同じように周囲よりも一回り若いことで目立っていたのがこの男だ。若いうえ人目を引く容貌なのでそこにいれば意識もするが、数ヶ月も会わずにいれば日々の雑事に追われてどうでもいいことは忘れてしまう。だからといって、それを分家の幹部に愚痴られることでもないだろう。

それより、さっきからずいぶんと遠慮のない物言いが気になる。組長の側近中の側近である慶仁には、年下であっても誰もが口の利き方や態度に配慮している。矢島の言うとおり、慶仁には組長への忠言によって特定の舎弟の除名を促すこともできるのだ。

もちろん、感情だけでそんな真似をする気などないが、さっきの連中の陰口よりもこの男の態度のほうが多いに問題があると思う。

「大間のところでは口の利き方も教えていないのか？　ちゃんとしつけを受けていないなら今すぐ覚えろ。本家の若頭補佐と分家の総本部長じゃどっちが上かをな」

慶仁が睨みをきかせて言うと、矢島はまるで子どもが悪戯《いたずら》を注意されたときのように肩を竦《すく》めて笑う。悪びれないその笑顔はさわやかで、また凜々《りり》しくもあり、なんだか見ている慶仁のほうが毒気を抜かれてしまった。そして、先に会議室へ入っていった連中を視線だけで追いながら言う。

「陰口など好きなだけ言わせておけばいい。必要なのは組長と組織への忠誠心であって、俺へのものじゃないからな」

「ずいぶんと割り切ってるんだな。さすがは切れ者の秘書ってところですか。でも、なんであんたみたいなのが組にいるんです？」

「それは、どういう意味だ？」

「いや、似合わないなぁと思ってね」

「大きなお世話だ。それより、今度会うときまでにその態度をあらためなければ、おまえを俺の一言で除名にしてやるからそのつもりでいろよ」

そう言って慶仁が手にした資料を抱え直したところで、矢島が手を伸ばして運ぶのを手伝おうとする。

「必要ない」

きっぱりと断った声色は自分でもひどく冷たいと思った。けれど、元来愛想のいい人間でもないのだ。外に向かって自分を取り繕うことはしない。必要な人にだけ自分のことをきちんと理解してもらい、評価してもらえればそれで充分だ。

そして、慶仁が理解と評価を望むのは桂慶次郎以外にいない。それほどに慶次郎という男は慶仁にとって特別な存在であり、彼こそが慶仁が組にいる唯一の理由だった。

定例会開始の時刻が迫り、慶次郎が自分のプライベートスペースとして使用している母屋の二階から下りてくる。普段なら執務室で各所からの報告を聞き必要な指示を出し、挨拶《あいさつ》や陳情にやってきた客に会ったりと忙しくしているのだが、今日は少し風邪気味だったこともあり、午前中は自室で休養を取ってもらっていた。

「組長、お体の具合はどうですか?」

「ああ、ゆっくりさせてもらった。すまなかったな」

すっかり顔色もよくなって、慶次郎は裏庭の会議室へと向かう。渡り廊下を歩く慶次郎の後ろにぴったりとついていた慶仁は、一瞬たりともその姿から視線を外さない。

しっかりとした足取りで歩いているものの、万一躓《つまず》いて転倒などしては困る。というのも、一ヶ月ほど前に母屋の一階の事務所から二階へ休みに上がるとき、段差に躓いて手をついた瞬間に小指の骨を骨折したばかりだった。

年齢のわりには若いと思っていたが、やはり老いは足音を忍ばせて慶次郎に近づいている。今はもう小指は完治しているものの、またあんなことがないようにと細心の注意を払うのも大切な仕事だった。

慶仁の本家屋敷での肩書きは、若頭補佐役。上の若頭には平田という古参の幹部がいる。本家の舎弟を取り仕切っているのは平田で、慶仁はどちらかと言えば慶次郎の秘書的な役割をしていた。それだけでなく、慶次郎の命により作られた、組織の金を投資運用するための分室においてもかなりの権限を与えられている。分室は別名「金庫番」と呼ばれており、慶仁の他には大学で経済を学んでいた者や、過去に金融機関に勤務していた経験のある者が数名集められていた。

弱冠三十三歳。本家幹部の中では当然ながら一番の若手だ。それゆえに、あえて「補佐」の肩書きにしてもらっているが、実質的に桂慶次郎に次ぐＮｏ．２だと認識している者も少なくないだろう。

そんな慶仁について、陰でさまざまな噂が立つのは無理からぬことで、ついさっきも定例会にやってきた地方の幹部連中が話していたようなことはそこここで囁《ささや》かれている。

だが、それを気にしたり、気に病んだりしている暇はない。矢島という男にも言ったように、慶仁にとって大事なのは皆の慶次郎への忠誠心であり、組織の繁栄なのだ。そのためにやらなければならないことは山のようにある。今日の定例会をつつがなく進行することも、また自分に与えられた大切な役目である。

その日の会議では、北関東一円で消費者ローン会社を展開している宗田《そうだ》組の新しい若頭のお披露目があった。本家組長の慶次郎のところへは前もって宗田ともども挨拶にきていたが、全国の幹部にはこの場が初の顔見せということになる。こうして定例会の緊張の中でしっかり挨拶をすることが、幹部への大切な一歩となるのだ。

（そういえば、前に奴に会ったのはお披露目のときだったな……）

矢島という男といつ顔を合わせていたか、慶仁はそのときようやくはっきりと思い出した。今から数ヶ月前、桂慶次郎というカリスマ的組長と全国の幹部を前にして、堂々と挨拶をしてみせた歳若い幹部が彼だったのだ。

その後ふっつりと定例会に顔を出すことはなかったので、おそらくこれが彼にとっては二度目の幹部会出席になるだろう。それでも、他の年配の幹部に混じって席に着き、ずいぶんと落ち着きのある態度を見せていた。

それに比べて、宗田組の若頭は見ているほうが気の毒になるくらい緊張していたが、どうにか決まった口上を述べて一礼をし席に着いた。

そのあとは、通常どおりの上納金の報告があり、警視庁と各県警の最近の動きなどそれぞれのシマで注意する点を本家の調査部から連絡通達する。同時に他の組織の動向もこの場で意見交換が行われる。つまり、組織にとっては二つの厄介ごとである「ガサ入レ」と「カチコミ」対策である。

それらの議事進行中、慶次郎は資料に目を通して気になるところがあれば慶仁にたずね、慶仁から各幹部に説明を求める。

幹部会では慶次郎が声を荒らげるようなことはまずない。怒鳴りつけて人が動くなら、それくらい簡単なことはないと常日頃から言っている。そんな慶次郎の組織運営の信念は構成員の一人一人が組織のために働くことで、桂はそういう組でなければならないということだった。

昔のことは知らないが、少なくとも慶仁が本家に入ってからというもの、上納金の多少について慶次郎がとやかく言うことはなかった。経営危機に陥った組には徹底的に無駄をなくし、効率的な立て直しを厳しく命令する。そのかわり、赤字分の補塡《ほてん》と再建に必要な資金は本家から条件つきで貸し出している。そのあたりも、桂組が通常の暴力団組織とは大きく違っている点だ。

慶次郎は、二十数年前に台湾《たいわん》人の妻と彼女との間にできた一人息子をある事件で亡くしてからというもの、ずっと独り身を通している。なので、彼にとって桂組というのは組織であり、また彼の家族でもあった。だから、本家が困っている分家に金を貸すことに異存はないが、本家の金はまた分家が納めた金でもある。その金を借りるということは、すなわち他の兄弟に迷惑をかけているということになる。慶次郎はそれを恥じるなら、しっかり己のシノギを立て直せと言いつけるのだ。

「今月は東海の三河《みかわ》組が、湾岸の埋め立て工事でかなりの利益を上げています。景気も盛り返してきていますし、止まっていた拡張工事も始まると聞きました。地元のゼネコンの尻尾《しっぽ》はちゃんとつかんでおいてください」

慶次郎の言葉を慶仁が代弁すると、三河組の組長である辻本《つじもと》が立ち上がって一礼をする。

「それから、大間組は相変わらずいい上がりですね。カジノのほうですか？　それとも、もう一方のほうですか？」

慶仁の質問に、大間組の組長である大間本人が立ち上がる。長身で巨体のうえなかなかの強面《こわもて》だが、やや下がり気味の目と口角の上がった唇のせいか、どこか人好きのする印象がある。また、身に着けているスーツも地方の幹部とは違い、どこか垢抜《あかぬ》けた男でもあった。そんな大間が慶次郎に一礼をして説明を始める。

「カジノは横ばいです。警視庁の子飼いの刑事に金を握らせて大々的な摘発は逃れていますが、やはり情報が入ると一旦賭場《とば》を閉じるのでリスクも大きいんですよ。そのかわり、クラブの経営とAVの売り上げのほうが伸びていましてね。この色男がいい女をスカウトしてくるもんだから、うちのＤＶＤは巷《ちまた》でもかなりの評判なんですよ」

大間はそう言って隣に座っている矢島に視線をやった。慶仁がすかさず慶次郎のそばで、耳打ちをする。

「大間組総本部長の矢島濤士郎という男です」

それを聞いて頷《うなず》いた慶次郎もまた矢島を見た。

「矢島、なかなかよく働いているようだな」

矢島は慶仁に対する不遜《ふそん》な態度とは打って変わり、大間の横で立ち上がると両拳《こぶし》をテーブルについて、深く頭を下げた。それはとても洗練された立ち居振る舞いでいて、組長を敬う丁寧な印象を周囲に与えている。幹部会がこれで二度目とは思えない、堂に入った姿だった。

「組長からのお言葉、恐縮です」

「歳は若そうだが、うちの浅黄と同じくらいか？」

「今年で三十一になります」

やっぱり、自分より二つ下だったかと思うと、さっきの態度と口の利き方にあらためて腹が立った。とはいえ、組長の前ではきちんと振る舞えるのだから、それなりにしつけは受けているのだろう。要するに、慶仁が気に入らないだけということらしい。そんな人間は組には大勢いる。それでも、組のためによく働いているようならそれでいい。

その日の会議も大きな問題もなく終わり、幹部たちはそれぞれ地元に帰る者、久しぶりの東《とう》京《きょう》で羽目を外していく者などさまざまだ。そんな中、矢島も大間と一緒に席を立ったが、一度チラリと慶仁のほうを見たのがわかった。

慶次郎は平田の付き添いで一足先に母屋のほうへ戻っていた。慶仁にはこのあとも資料の片付けがある。こういうことは若い舎弟にやらせればいいと言われているが、大切な資料の中には極秘のものもあるので、あまり人にはまかせたくないのだ。

そうしているうちに会議室には誰もいなくなり、慶仁はホッと吐息を漏らす。定例会に顔を出す幹部連中も月に一度のこの場ではそれなりに緊張を強いられていると思う。だが、それは慶仁も同じだ。歳が若いだけに、嘗《な》められないようにと身構える癖がいつの間にかついていた。だが、本来の慶仁は人前に立って、場を仕切るなどけっして得意ではない。

そもそもこの世界でやっていく自信などなかったが、恩義に報いるためならと覚悟を決めてやってきたのだ。だが、慶仁にも限界はある。矢島という男がふと漏らしていたように、自分はこの世界には似合っていない。

だからこそ、桂組の将来を考え、慶次郎にも決意を促すべきときがきていると思っていた。それは、六千近くの人間を率いて、この先の桂を背負っていく跡目のことだった。

慶次郎自身は先日の定期健診でも医者から特に問題はないと言われているし、頭のほうも本人が冗談半分に言うほど耄碌《もうろく》しているわけでもない。むしろこの歳になって、いよいよ大局と組の未来を見据えているようでもある。だが、こんな家業だからこそ、年齢に関係なく万一に備えておくべきなのだ。

望んでいることではないけれど、縁起をかついで準備を怠るなど愚の骨頂だ。慶仁は儒教と道教を尊ぶ国に生まれ、「忠」と「孝」を何よりも大切にするようにと生母に教わった。それゆえに、桂慶次郎に対しては組織の中の誰よりも強い忠誠心と孝を尽くす気持ちを持っている。

そんな慶仁が今すぐにでも心を鬼にしてやらなければならないのは、慶次郎に跡目候補を決めてもらい、きちんとした遺言の形で残しておくことだ。これまでもたびたび忠言してきたし、その都度慶次郎は下書きを繰り返してきたものの、未だ正式なものはでき上がってはいない。慶次郎の中で、まだどこかに慶仁の胸の内を探る気持ちがあるのも知っている。だが、慶仁の決心はあのときから変わらない。

あれは、自分を育ててくれた義母が亡くなったときのことだった。慶次郎が慶仁にゆくゆくは組織を継ぐ気はないかと訊《き》いたことがある。慶仁は義母の四十九日を待ってから、はっきりと自分の意思を伝えた。慶次郎の隠退の日が、自分にとっても組織との決別の日だと。

せっかくの期待に応えることができず申し訳なく思ったが、慶次郎が築き上げた組織をこの手で崩壊へと導くことだけは避けなければならない。そう思ったからこその結論だった。

慶次郎は少し残念そうにはしていたが、黙って頷きそれを認めてくれた。あの日から、桂慶次郎とともに業界から身を引くことについて、慶仁には微塵《みじん》の揺らぎもない。

そういえば、義母の命日が間もなくくることを思い出した。あれから八回目の春を迎えるのかと思うと、月日が流れるのは早いものだと実感する。

慶仁が会議室の大きな窓から外を眺めると、庭の桜の木には膨らんだ蕾《つぼみ》がびっしりとついていた。日向《ひなた》の蕾は週末にでも開くだろう。しばらくの間春めく庭をぼんやりと見つめていたが、すぐに我に返ってこのあとの仕事のことを考える。今日もまだ片付けなければならない仕事が山積みだ。

とりあえず資料を執務室に運ぶため、それらを両手に抱え会議室を出ようとしたそのときだった。部屋の照明を落としたところで、廊下にまだ人がいるのに気づき足を止める。

「芳川《よしかわ》、おまえも考えてるんだろう？」

「いや、うちはシノギのほうもぼちぼちですし、そもそもわたしより上がいますんで……」

「何を言ってる。資格は充分じゃねぇか」

「いえ、入れ札にでもなれば、大間さんのほうこそ人望が厚い」

そこで話しているのは、大間と芳川だとわかった。

芳川の組は都内と神奈川《かながわ》を中心に不動産業の看板を挙げている。大間と芳川はほぼ同じ時期に盃を受けた五分の兄弟だと聞いている。幹部会はそういう連中にとっては、互いの近況を報告し合い酒を酌み交わすいい機会でもあるのだ。

だが、酒の場に移動する前に人気のなくなった会議室横で彼らが話しているのは、おそらく跡目のことについてだろう。どちらもそろそろ古参の幹部になるし、跡目の資格はある二人だった。

「いずれにしても、親父がすっぱり決めてくれりゃそれまでだがな」

大間の言葉に芳川も同意したのか、そのまま二人の足音が遠ざかっていくのが聞こえた。さっき大間と一緒に会議室を出ていった矢島の声はしなかったので、一足先に帰ったらしい。

べつに人の会話を立ち聞きする趣味はないが、幹部会では普段顔を合わさない者同士が腹を割ることも多い。その気で聞き耳を立てずとも、慶仁の耳にもこぼれ話が入ってくる。だが、それでどうこうしようという気もないし、そんな立場でもない。慶仁は自分のするべきことをするだけだ。

　ようやく人がいなくなったところで、慶仁が会議室を出てドアを閉めたときだった。その陰にまだ人がいたことに気づき、思わずビクリと体を震わせた。

「どうも、定例会、お疲れさまでした」

　そう言って会釈をして寄こしたのは矢島だった。

「こんなところで何をやっている？　大間の組長と飲みに行くんじゃないのか？」

「いや、組長は芳川の親分と何やら込み入った話があるらしくてね」

「だったら、総本部長のおまえだけでも先に事務所に戻って、今日の報告会の内容を下の者に伝えろ」

　慶仁はそれだけ言うと、さっさと廊下を立ち去ろうとした。が、いきなり二の腕をつかまれて、強引に矢島のほうへと振り向かされる。

「おいっ、何をするっ？」

　矢島の手を振り払ってやりたいが、両手に資料を抱えていてはそうはいかなかった。

「なぁ、あんた、本当に組長の男妾じゃないのか？」

　そんな噂はいやというほど耳にしているが、こうして面と向かって言われたことなどない。

さすがに、このときばかりは慶仁の堪忍袋の緒が切れた。

「分家の舎弟分際が、俺にいっぱしの口を利いてただですむと思ってるのか？　ちょっとシノギがいいからって調子に乗るなよ。ましてや歳も下の小僧が嘗めた真似して突っ張るつもりなら、大間にも咎《とが》めがいくと覚悟しておけ」

充分に睨みをきかせると、矢島はパッと慶仁の二の腕を離して苦笑を浮かべながら言った。

「親父《オヤジ》に迷惑がかかるのは困るな。俺もたいがいのろくでなしだが、恩知らずとだけは呼ばれたくない」

その言葉に、慶仁は少しだけ驚いた。ヤクザと呼ばれる人間は、非情のようでいて「仁」や「義」などを重んじる。もっとも、近頃のヤクザはそんなことなど二の次で、金儲《もう》けだけに走る者も多い。矢島など、保守的な考え方を馬鹿にしている典型だと思っていたので、大間のことを持ち出されて途端に態度をあらためたのは、正直意外な気もしたのだ。

「自分の親父に迷惑をかけたくないなら、今後はせいぜい自重しろ。それから、歳が近いくらいで俺に馴《な》れ馴《な》れしく声をかけるな」

「分が違うと？」

「そういうことだ」

本家にいてもそうだが、外の人間に対しても取り立てて冷たく当たろうという気持ちはない。ただ、立場上嘗められるようでは困るのだ。慶次郎の意向をしっかりと伝えていくためにも、歳の若い自分は正確で冷たい機械のようであらねばと思って努めてきた。

だが、この矢島という無礼な男を見ていると、ついつい上からものを言いたくなってしまう。毅然《きぜん》とした態度ではなく口調にどこか私情が混じってしまう自分に、内心歯噛《はが》みをしていた。

そんな慶仁を見て、矢島は唐突に手を伸ばしてくる。その手が自分の頬に触れそうになって、思わず一歩下がったら廊下の壁に背中がぶつかった。まるで自分が怯《ひる》んでしまったようで、ひどく忌々《いまいま》しい気持ちになる。

「おいっ、離れろ……っ」

怒鳴った声が近づいてくる矢島の顔に吸い込まれそうになり、体がなぜか震え出していた。このままだと矢島の手が自分の頬に触れてしまう。そう思った瞬間、ぎゅっと強く目を閉じた。そして、数秒が流れたが、まだ自分の体には何も触れてこない。

「あんた、男に触られるのに慣れていないんじゃないのか？」

ちょっと驚いたような矢島の言葉に、ハッとした慶仁が目を見開いた。すると、数センチ先に彼の鼻があり、今にも自分の鼻先に触れそうだった。

「どけっ」

慶仁は資料を放り出して、矢島の体を突き飛ばした。そのとき、投げ出したバインダーの一つが矢島の足の上に落ちる。

「つぅ。痛いんですけど……」

顔をしかめながらも笑っている矢島に言う。

「おまえのことは覚えておく。今後何かあったら、本気で破門、いや除名、絶縁にしてやるからな」

組織において、「破門」と「除名」、「絶縁」の差は大きい。「破門」の場合は「ちょっと回ってこい」と上の者に言われて地方に飛ばされ、粗相の分だけ禊《みそぎ》をして戻ってくることができる。企業でいえば復帰の可能性のある左遷のようなものだ。

だが、「除名」や「絶縁」となれば、二度とこの業界には戻ってはこられない。この世界で一度甘い汁を吸うことを覚えた人間は他に生きる術《すべ》を知らない者が多い。すなわち、業界からの締め出しは死ねと言われたも同然なのだ。

それほどきつい言葉を投げかけられても矢島はさほど困惑した様子もなく、落ちた資料を拾い上げて慶仁の胸元に押しつける。

「それじゃ、また」

そう言って去っていく矢島の背中を見つめながら、慶仁は内心舌打ちをした。あんな男に動揺させられた自分が悔しい。けれど、あんな男は初めてみた。組織の中の誰とも違う。これまで特に意識したこともなかったのに、どうして今日にかぎって急に声をかけてきたのだろう。

慶仁は渡された資料を抱え直すと、母屋へと向かいながら矢島のふてぶてしい笑みを脳裏から追い出そうとした。分家の跳ねっかえりなどどうでもいい。それより、自分には考えなければならないことが山のようにある。

とりあえずは、組の跡目問題についてだ。今夜にも時間があれば、慶次郎に進言してみるつもりだ。古いタイプの日本人は「死」に関することを口にするだけでも縁起が悪いと忌み嫌う傾向がある。だが、慶次郎は迷信や言霊《ことだま》に惑わされることのない、割り切った考えの持ち主だ。きちんと話をすれば、わかってくれるだろう。

桂慶次郎という男が一代で築き上げたこの組織を、穏便に次の世代に引き継ぐためにできることをする。それが、慶次郎への恩返しであり、自分自身がこの組織で生きてきた証にもなると信じている慶仁だった。

◆◆

その夜、遅くまで本家の投資分室にいた慶仁だったが、パソコンのツールバーの時刻が深夜を示すのを見てそろそろ帰宅の準備をしようと席を立つ。

今日の定例会の報告をまとめているうちに知らぬ間に時間が経っていたのだが、気づけば自分一人だけが部屋に残っているということはよくある。没頭すると周囲が見えなくなる。そういうところが自分には確かにあった。

それが、仕事に対してならば問題ない。でも、恋愛をしたらどうなるのだろう。ふとそんなことを思い、慶仁は苦笑を漏らした。今年で三十三歳。世間では結婚して子どもの一人や二人いてもおかしくない年齢だ。なのに、呆《あき》れるくらい色恋沙汰《ざた》に縁のない人生を送ってきた。そのことについては、老齢になる慶次郎も案じていた。

人並みの性欲はある。それを処理する方法も知っている。けれど、生身の誰かに心が奪われるようなことは、これまでの人生で一度もなかった。本当に残念なことだけれど、慶仁はこの歳になっても愛しいと思う女性に出会ったことがないのだ。

『女はいいものだぞ。男の苦しみを全部包み込んでくれる。そして、男を強くしてくれる』

慶次郎がいつも言っている。もちろん、それは慶仁もなんとなく理解できるのだ。なぜなら、自分の育ての母がまさにそういう女性だったから。けれど、その義母の偉大さと寛容さを思うほどに、慶仁は女性を欲望の対象として見ることができなくなっていた。

このまま一生独身でいて困る人生でもない。そう思うと、よけいに開き直ってしまうのかもしれない。パソコンの電源を落とすと、慶仁は広げていた資料をデスクの引き出しに入れて鍵をかける。この分室は桂本家の中でも一番セキュリティが厳しい場所の一つだ。打ち出したペーパーの一枚、走り書きしたメモでさえ机の上に放置することは許されていない。

椅子の背もたれにかけていたスーツの上着を手に部屋を出ると、ドアは自動的にロックされる。他の事務所と違い、分室にはカードキーと暗証番号の打ち込みのロックがあって、その両方を解除しないと開かないようになっている。そして、暗証番号とカードキーを持っている者は、慶次郎と慶仁の他は分室勤めの数名しかいない。

慶仁が上着を着て母屋の玄関に向かっていたとき、携帯電話が鳴った。着信表示を見れば慶次郎からだった。屋敷の二階の自室からかけているのだ。

「はい、慶仁です」

『まだ、いるのか？　だったら、部屋にきてくれないか』

ひどく疲れた声でそれだけ言って電話が切れた。こんなことはよくある。近頃は週に一度は深夜にこうして同じ敷地内にいて携帯電話で呼び出される。

昼間は皆の前で疲れた様子や気弱な態度などいっさい見せない慶次郎だが、慶仁と二人きりのときは一人の老人になる。昨今では七十二歳なら現役で働いている者も少なくない。だが、慶次郎の背負ってきたものは一般社会で生きている人に比べ、あまりにも大きい。そして、彼の人生は過酷な荒波の連続だったのだ。

一見元気そうに見えてもその心には多くの負の澱《おり》を抱え、ときには悪夢にうなされていることを慶仁だけは知っている。

そもそも、桂慶次郎という男は名うての博徒《ばくと》だったという。

地方の貧しい農家の次男坊だった彼は、戦後間もなく十年を過ぎようかという年に中学を卒業した。だが、高校へ上がる金などない。どうせ田舎にいて田畑を耕し続けるだけの一生なら、太く短く生きるほうがおもしろいだろうと、家族を捨てて東京に飛び出してきた。

戦後の復興で見違えるような都会の町並みを取り戻していた東京だが、一本路地に入れば怪しげな場所もある。当初慶次郎は、ドヤ街に身を置きながら鉄クズを集めては売り、路上で寝泊まりをしてその日暮らしをしていた。

そんなある日、ふらりと迷い込んだ賭場で小銭を賭《か》けたらそれが倍になる。だが、博打は博打だ。そう己を戒めて二度と近づくまいと思っていたが、少し余分な金が入るたびに賭場へと通う癖がついてしまった。というのも、慶次郎には思わぬ才能があったのか、そこでは負けというものを知らなかったのだ。

危険な目に遭ったことがないわけではない。賭場の者にイカサマを疑われ、素っ裸で花札を打ったこともある。そうしているうちに、慶次郎の博打の才能はますます開花していき、結構な金を懐にねじ込むようになった。気がつけば、「兄貴」と呼んで自分を慕う者も出てきた。飢えていた連中に飯を喰わせてやり、狭い自分のボロ屋で寝泊まりさせてやっているうちに、商売から隠退するという元締めの一人が権利を譲ってくれたのがきっかけで、自ら賭場を開くようになった。

それが、現在の侠錬会桂組の前身である。その後高度経済成長期に日本が大きく発展していくとともに桂組も構成員を増やし一大勢力となった。だが、慶次郎の才覚はそれだけでは終わらなかった。世間と警察の風当たりが厳しくなってきた昭和の終わりには主要幹部に分家を促し、それぞれ表向きは企業の体裁を整えさせた。いわゆる、フロント企業の走りである。平成に入って施行された暴力団対策法により、多くの組織が勢いを失っていく中、桂組は巧みに法の網目を潜りながら生き延びてきた。そればかりか、着々と経済基盤を外部で固め、揺るぎない新しい組織の枠組みを創り上げていた。

この屋敷は、慶次郎が最初に住んだボロ屋の跡地に建てられたと聞いた。当時はまだ狸《たぬき》の出る畑地だった場所も、今では都心の一等地だ。まさに、桂慶次郎という人物が築き上げた城そのものと言えるだろう。

分室から出た慶仁は、昼間と違いすっかり人気のなくなった母屋の二階へと向かう。慶次郎のプライベートなスペースは、身の回りの世話をする家政婦と警護の者しか出入りを許されていない。それ以外で唯一そこへ入れるのは慶仁だけだった。

階段を上り、長い廊下の突き当たりに慶次郎の寝室がある。慶仁が呼び出されるのは、たいていは深夜過ぎ。慶次郎が過去の辛《つら》い思い出に身を裂かれ、ベッドで身悶《みもだ》えているときだ。そんな彼を慰めるのもまた、慶仁の役目だった。

ノックをしてドアを開けると、案の定慶次郎はキングサイズのベッドの上で大の字になって天井を睨みつけている。そこに何か恐ろしい幻影でも映っているかのように、歯を喰い縛って唸《うな》り声を上げているのだ。それを見て慶仁が急いで慶次郎のそばに駆け寄り、声をかける。

「組長。大丈夫ですか？」

慶仁の声も聞こえないのか、慶次郎は老いて肉の落ちた腕で空を掻《か》き毟《むし》る。それを見て、慶仁はたまらず両手で細くなった肩をつかむと、揺さぶりながら名前を呼んだ。

「お義父《とう》さん。しっかりしてくださいっ」

その声にハッとしたように、慶次郎が体の痙攣《けいれん》を止めてこちらを見る。

「ああ、慶仁か……。今、由布子《ゆうこ》がきたんだ。それだけじゃない。鳳欄《フエンラン》と慶明《よしあき》もいた。わたしを呼んでいるから、まだ行けないと言ったんだよ。そうしたら、往生際が悪いと……」

「落ち着いてください。全部夢ですよ。お義母《かあ》さんも、奥様も息子さんも、みんなあの世で平和に暮らしていますよ。行天宮《ぎょうてんぐう》の占い師もそう言っていたでしょう?」

そう言いながら、慶仁は自分のハンカチを取り出し、慶次郎の額の汗を拭《ぬぐ》ってやる。

行天宮は台北《タイペイ》にある寺の名前で、近隣には多くの占い師の店がある。慶次郎は妻子を亡くしたあと、墓参りで台湾に行くたび有名な占い師の店に行き、彼女たちがあの世で心安らかにしているかをたずねていた。

そこで通訳をするのは慶仁だが、占い師も傷ついた人の心を無駄にかき乱すようなことは言わない。きまって、「二人は痛みも苦しみもない場所で心穏やかにしていて、いつの日か慶次郎に会えることを心待ちにしている」と答えるのだった。

たかが占いとはいえ、慶次郎にとっては大きな心の支えになっているので、慶仁はいつもそのことを口にして彼を慰める。そうしているうちに少し気持ちが落ち着いたのか、慶次郎は大きな吐息を漏らし呟《つぶや》いた。

「そうだったな。だったら、やっぱりわたしは夢を見ていたのか……」

「そうですよ。だから、安心してください」

慶仁の言葉に慶次郎は静かに頷いた。それでもなお不安を拭いきれないように、慶仁の手を握ると自分のそばに引き寄せる。

「おいで。一緒に眠っておくれ」

そうすることで慶次郎は悪夢から解放され、明日の朝まで安らかな眠りを得ることができる。だから、慶仁は喜んで彼のそばでこの身を横たえる。ベッドに自らの体を滑り込ませると、慶次郎はそれを見て安心したように頬を緩めた。

「おまえもすっかり大人になったな」

「ええ、もう日本語も話せなかった、小さな子どもじゃないんです」

「そうか。もうわたしの助けなどいらないのだな。いや、今ではわたしがおまえの助けを必要としているのか……」

自分で言って少し寂しげに苦笑を漏らすのを見ると、慶仁はたまらない気持ちになる。

「お義父さん、僕はずっと一緒にいます。だから、何も心配することはないですよ」

彼のそばに身を横たえて、耳元で囁く。慶次郎は目を閉じたまま小さく頷く。そうして、明日も彼は何事もなかったように気丈な桂組のトップとして君臨するのだ。

握り締めた彼の手はずいぶんと痩《や》せ細っている。体調は悪くはないとはいえ、近頃は以前より食が細くなった。年齢を考えれば当然かもしれないが、慶仁はその体を案じてそばに身を寄せる。慶仁がそばにいるだけで慶次郎はもう穏やかで規則正しい寝息を立てていた。

二人だけのとき、慶仁は慶次郎のことを「お義父さん」と呼ぶ。血の繋がりはない。法律上の養子縁組も成立していない。けれど、慶次郎と慶仁の絆《きずな》は「父親」と「息子」以外のなにものでもない。

慶仁が慶次郎に初めて出会ったのは六歳のとき。生まれ育った台湾、高雄《たかお》の郊外にある貧しい村でのことである。現在は「浅黄慶仁」と名乗っているが、当時中国名を「黄慶仁《ホアンチインレン》」といった。

あれから二十七年の月日が過ぎた今も、二人の関係を周囲に明かしていないのは複雑な事情があるからだ。そのため、夜中に慶次郎の部屋に行き、朝になってそこから出てくる姿を見れば、愛人ではないかという噂が立つのも仕方がない。だが、なんと思われてもいい。慶次郎と慶仁には互いに父と慕い、息子と愛しむ気持ちがあるのだから。

今夜はいつもよりずっと早く眠りに落ちてくれてよかった。ときには、明け方まで己の過去を悔いるような言葉を吐きながら、慶仁に縋《すが》りつくこともある。慰めの言葉もなく、ただ唇を噛み締めて慶次郎の悲しみに震える目を見つめながら、慶仁もまたこれまで胸の奥に呑み込んできたものの数々を思う。

遠い昔、貧しい村で慶仁の薄汚れた頬を撫でた、あの大きく清潔な手を覚えている。老いてもなお慶次郎は若かった頃の凜々しさと涼しげな面立ちが残る。こういう生業《なりわい》なのに、彼には独特の「品」のようなものがあった。あるいは、厳しい世界を生き抜き、世の中の辛酸を嘗め尽くしてきたからこその「品」なのかもしれない。

毎日のようにそばにいるのに、こうして隣で横になり目を閉じると、思い浮かぶのは四十代半ばだった頃の慶次郎の姿だった。そして、隣にいる自分はボロボロの洋服を着て、穴の開いた靴を履き地面にしゃがみ込んでいる。

（もう遠い昔のことなのに……）

心の中で呟きながら慶仁もまた眠りに落ちていき、やがて夜明けがやってくるまで暗闇が義父と息子を包み込むのだった。

台湾は先の大戦中、日本の植民地であったため多くの苦難も背負ったが、同時に鉄道が走り、林業が栄え、日本軍が必要とするさまざまなものを供給するために商業が盛んとなった。それらの戦中の置き土産により台湾がいち早い経済成長を遂げ、本土とは違う民主化の道を歩んできたのは事実だった。

とはいうものの、首都台北であっても、未だに少し中心地から離れれば薄暗い路地に古びたビルの建ち並ぶ地域もある。それは、まるで数十年前の日本のようでもあり、郷愁を誘う風景でもあった。

慶仁が東京にきたのは今から二十七年前。あまりの大都会に呆然《ぼうぜん》としたものだったが、今になって思い返せば、あの当時はまだ町工場や畑など、台湾に似た景色が残っていたように思う。

それでも、わずか六歳で言葉もわからない国に連れられてきて、慶仁は離れ離れになってしまった家族のことを思い、よく一人布団の中で泣いたものだった。

(媽媽《マアマア》、大姉《ダーズイ》、二姉《アルズイ》……)

母と上の姉と下の姉、それが慶仁の本当の家族だった。父親はいたが、その顔は今となっては思い出すこともない。仕事もせず、毎日酒に酔っては母を殴り、庇《かば》った姉たちまで殴っていた男だ。幼い慶仁には父がなぜ家族に暴力をふるうのか理解できず、その理由を上の姉に訊いたとき、彼女は悲しそうな顔で呟いた。

『爸爸《パァパァ》は仕事をクビになって、それからたくさん酒を飲んでおかしくなったんだ』

当時、上の姉が十二歳。下の姉は八歳。慶仁は六歳になったばかりで、学校に通う日を楽しみにしていた。だが、慶仁は秋になっても学校には通えなかった。

姉たちの教科書を見て文字も覚えていたから、きっと学校ではたくさん先生に褒められるだろうと思っていた。なのに、父親は相変わらず仕事もせず飲み歩いているばかりで、授業料など払えるわけもない。

母親は家族のために食堂で朝から晩まで皿洗いの仕事をし、姉たちも学校を休んで近くの農家の手伝いをしていたが、父親が暴れて稼いだ金を取り上げてしまう。だから、いつも最低限の生活費と家賃を隠しておくのが精一杯だった。

勉強さえすれば、いつかはいい仕事を見つけて母や姉たちに楽をさせてやれると思っていた。けれど、それさえ叶《かな》わないのが己の運命なのだ。学校に行けないのなら、慶仁も姉たちと一緒に近所の農家に手伝いに行こうと思った。草刈りをして収穫した野菜を運べば、賃金ではなくても野菜を恵んでもらえるかもしれない。そんなことが幼い慶仁にとってのささやかな希望だった。

ところが、農家の手伝いをしについていこうとすると、姉たちが慶仁を叱《しか》った。

『あんたなんか、まだ何もできやしないよ。あたしの教科書を見てていいから、家でおとなしくしてな』

そう言った下の姉だって、自分とは二歳しか違わない。けれど、父親に似たのか、背が高くがっしりとした彼女は上の姉と体格がほとんど変わらなかった。母親に似て、小さくて細い慶仁にしてみれば、自分のほうが男なのにと悔しい思いをしたものだった。

結局家に残された慶仁は姉の教科書を持って外に出ると、道端の石に座ってそれを何度も声に出して読んでいた。路地の長屋は昼でも暗い。雨さえ降っていなければ外のほうがずっと明るくていい。

そのとき、ボロボロの洋服を着て穴の開いた靴を履いた慶仁の前を、一台の車が通り過ぎていった。それは、見たこともないような黒塗りの大きな車で、思わずポカンと口を開けたまま目で追った。と突然、車が砂利道で急ブレーキをかけて停まり、慶仁が手にしていた教科書に舞い上がった砂埃《すなぼこり》が降りかかる。

洋服の袖《そで》で慌てて砂を拭ったのは、姉に借りている教科書を汚したら叱られると思ったから。けれど、こんな田舎の村を通りがかったりっぱな車にも興味があった。

慶仁は教科書を胸に抱え、石から立ち上がる。すると、車の後部座席から一人の男が出てきた。同時に助手席からも誰かが飛び出してきて、先に降りた男が額の汗を拭い具合悪そうにしているのを案じている。

男たちの話す言葉が理解できずにいた慶仁だが、「ニホン」という単語が耳に入り、彼らが日本人なのだと理解した。戦争中は日本人が台湾にきて、いいことも悪いこともたくさんしたと聞いている。自分の目の前にいる日本人は「いい人」だろうか、それとも「悪い人」だろうか。懸命に探ろうとしても、幼い慶仁にはわかるわけもない。

だから、姉の教科書を持ったまま、じっと男たちを見ているしかなかった。すると、先に車を降りてきたほうの男が、慶仁の姿に気がついてゆっくりと近づいてくる。警戒心でじりじりと後ろに下がっていくと、男は困ったように頭を掻いてから足を止めた。

「我是日本人。你這個村的孩子嗎?」

わたしは日本人だ。君はこの村の子どもかい？　あまり上手ではない北京語《ペキン》だったけれど理解ができたので小さく頷くと、男がそっと手を伸ばして慶仁の頬に触れる。

「想要什麽?」

「一杯水」

何かほしいのかと思って訊いたら、水が一杯ほしいと言う。慶仁は自分の家に戻って、コップに入れた水を持ってきて男に渡した。そばにいた男が慌てて何かを喚《わめ》き立てている。きっと不衛生だから飲むなとでも注意しているのだろう。それでも、コップを渡された男はにっこりと笑い、おいしそうにゴクゴクと喉を鳴らして水を飲み干した。そして、何度も「謝謝」と繰り返して、慶仁の手を握る。

「你的名字呢?」

「我是黄慶仁」

名前を訊かれたので、「黄慶仁」だと答えた。男はそれを聞いて、近くに落ちていた木の枝を慶仁に握らせると、どんな字だとたずねた。そのとき、彼の背後に立っていた車の運転手が北京語で言った。

「旦那、こんな田舎のガキに字なんか書けませんよ。どうせ学校だって行ってないでしょうからね」

それを付き添いの男が通訳しようとしていたが、慶仁はそんなやりとりなど無視をして、地面に自分の名前を書いた。そのとき、男の目が大きく見開かれた。

「本当かっ？」

日本語がわからず首を傾げたら、さっきの運転手が通訳をしてくれたので本当だと答えた。さらに年齢を訊かれて、六歳と答えた。そして、そのときの短いやりとりが、たった六歳で閉じられたはずの慶仁の運命をこじ開けることとなる。

わずか数週間後、男は再び慶仁の暮らす村に、通訳と村の役人をつれてやってきた。

男は通訳を通して慶仁を引き取り、自分の息子として日本で教育したいと母親に告げた。もちろん、一家の長男を貰《もら》い受けるだけの保障はすると言い、黄一家が聞いたこともないような金額が提示された。だが、どんなに金があっても父親が酒に使ってしまうだけだ。

『大丈夫ですよ。ご主人のことは承知しています。このままでは大変でしょうから、籍を抜くようにこちらで手続きをしましょう。それで、あなたたち家族は生活保護も受けることができます。それだけでなく、これからはご家族三人で安全に暮らせるよう我々が支援をしますから』

役人のそんな言葉に、母と姉たちが魅了されたように頬を染めたのがわかった。自分さえ日本に行けば、母や姉たちは救われる。そして、自分も勉強ができる。こんな素晴らしい話が天から降ってくるなんて、まるで夢のようだった。

「我去日本喲。我去日本喲」

僕は日本に行くよ。何度もそう繰り返し言った。そのときは、もう二度と台湾の母や姉たちと会えなくなるとは思ってもいなかった。ただ、これで自分の将来が変わるのだと夢を見るばかりだったのだ。

だが、現実はやはり厳しかった。日本にきてからというもの、言葉の壁は当然のように高く、学校の勉強とともに日本の生活習慣や公共のルールも死に物狂いで学ばなければならなかった。見た目はよく似ていても、台湾人と日本人はまるで違っている。だから、言葉を聞き取るだけでなく、それ以上に微妙なニュアンスも感じ取らなければならない。日本の小学校の生活は、慶仁にとって毎日が苛《いじ》めとの戦いでもあった。

それでも、生まれついての勤勉さと子どもならではの順応性で、慶仁は多くのことを驚くべき速さで吸収していった。やがて、中学に上がる頃には日本人と変わらず生活することができるようになっていた。

日本にきて何年も経ってから気づいたことの一つに、慶次郎の仕事のことがある。彼はいわゆる反社会的な組織を束ねている人間だった。それゆえに金はあるが、海外の子どもを里子としてあずかるには、両国の審査に通らない。

そこで、自分の古くからの友人である浅黄由布子という女性にその役目を頼んだ。慶仁の義母となった由布子も思えば不思議な人だった。これものちに知ったことだが、彼女には離婚歴があり、その際一人息子を相手方に取られている。そのせいか、引き取った慶仁のことはまるで我が子のように愛しんで育ててくれた。

そして、由布子を経済的に支えてきたのは、もちろん慶次郎だ。自分が引き取ることのできない慶仁をあずけるのだから、養育費以外にも二人の生活費まで何もかもを面倒みていた。

成長するにつけ、慶仁も慶次郎と由布子の関係について考えることはあった。彼らがまだ若い頃に互いを想い合う関係であったと聞いたのは、酔った慶次郎の口からだった。そして、二人の恋が成就しなかったのは、慶次郎がヤクザであったためだという。その後、由布子が不幸にも離婚をして、年月を経て再会した二人は互いの人生を支え合う関係になったのだ。

由布子が結婚を失敗したように、慶次郎の結婚もまた不幸な結果で終わった。ただし、こちらは単なる性格の不一致というような世間にありがちな話ではない。

慶次郎は由布子への想いを断ち切ったのちに、行きつけのクラブでホステスをしていた台湾人の女性と知り合う。名前を李《リィ》鳳欄といい、牡丹《ぼたん》の花のように華やかな容姿で、どんな苦労も笑い飛ばすようなたくましさがあったという。

白菊のように清楚《せいそ》な容姿と物静かでいて芯《しん》の強い由布子とは見た目も性格も正反対の女性だったが、彼女の明るさに惹《ひ》かれて身を固め、やがて息子も生まれた。慶次郎の「慶」の字を取って慶明と名をつけ、それは慈しんで育てていたのだ。

だが、慶明が六歳のとき、事件は起きた。妻が旧正月に息子を連れて台湾に里帰りをしていた際、二人が何者かによって拉致《らち》されたのだ。懸命な捜索にもかかわらず、数日後には高雄から数キロ離れた山中で妻と息子の遺体が発見された。検視の結果二人の頸部《けいぶ》に扼痕《やくこん》があったことから、殺人事件として捜査は二つの国にまたがって行われた。が、半年経っても大きな進展はなく、犯人検挙は絶望的な模様だった。

当時、慶次郎は飛ぶ鳥をも落とす勢いで組織を拡大させていたこともあり、その存在を煙たく思っている敵対組織はいくつかあった。そんな連中の誰かとは推測していたが、決定的な証拠は挙げられなかった。

愛する妻とかけがえのない一人息子を失い、もう自分の人生には何も残っていない。生きている意味さえわからない。すっかり自暴自棄となった慶次郎は、一度は組織の解散を考えたという。だが、それを止めたのは他でもない由布子だった。

『組の人たちは皆、あなたを慕っているのよ。慶次郎さんにとって組織は、家族のようなものじゃない。その人たちのことを放り出すなんて駄目よ。そんなことをしても、奥さんも息子さんもきっと喜ばないわ』

怒りと悲しみのあまり自分につき従ってくれる者たちのことも忘れていた慶次郎は、平手で頬を打たれたようにハッとした。そして、由布子は悲しみに満ちた顔で言ったのだ。

『慶次郎さんが組の人間だったから一緒になれなかったけれど、わたしはあなたに幸せになってほしいと思っているの。それは奥さんも息子さんもきっと同じ気持ちのはずよ』

結局、その言葉が慶次郎を立ち直らせた。妻子の死から半年以上が経って、慶次郎はようやく心を鎮めて亡くなった二人を弔うために台湾へと飛んだのだ。高雄から車で二時間ほどの場所にある妻の実家を訪ね、近くに建てた墓に日本からの分骨を納め、再び台北へと戻るために高雄空港に向かっていたときだった。

具合が悪くなった慶次郎が車から降りて休もうとしたのが、慶仁の暮らしている村だったのだ。そうして二人は出会い、不思議な縁によって互いの人生を引き寄せ合った。

『あれもまた業というものかもしれないな。地面に書かれたおまえの名前を見たとき、わたしは神様が新しく生きる望みをくれたのかもしれないと思ったんだよ』

今でも慶次郎は、あの日を思い出すたびにそんなふうに言う。

慶仁の本名である「黄慶仁」には、愛した女性の名前である「浅黄」の内の一文字と、自分から一文字授けた亡き息子の名前である「慶明」の「慶」の字が入っていた。すべては偶然かもしれない。けれど、多くの偶然が重なりあって慶仁の今がある。

台湾の実の家族とは、六歳の頃から一度も会っていない。慶次郎が止めたわけではない。望むなら里帰りをすればいいと言ってくれた。だが、一日も早く日本人になるために、慶仁自身がそれをせずにいた。

そのうち、日本の義母に気遣うようになり、台湾の家族のことは口にすることもなくなった。慶次郎が妻子の墓参りに台湾に行くとき、通訳として同行するようになってからも、あえて家族には会わずにいた。そうして、いつも心の奥にいたはずの台湾の母と姉は、気がつけばあまりにも遠い存在になっていた。

だが、義母である浅黄由布子もまた今から八年前、慶仁が大学を卒業して桂の本家で働くようになって三年目の春先に、咽頭《いんとう》ガンにより他界した。

今となっては、もう自分には慶次郎しかいない。その慶次郎も七十二歳になって、そう遠くない時期に隠退するだろう。そのときは、慶仁も一緒に今の立場から身を引く。そして、隠退した慶次郎の身の回りの世話をして生きていく。

二人していろいろなものを失くしてきたからこそ、慶次郎とは最後の瞬間まで一緒にいたいと願っていた。

◆◆

慶次郎の寝室からこっそりと出てきたのは、明け方の五時。五時半には見習いの舎弟連中が一階の掃除を始めるので、その前に慶仁も一度自分のマンションに戻るつもりだった。

ところが、真面目な舎弟の一人が五時半になる前に廊下の雑巾がけを始めていて、二階から降りてくる慶仁を見て、ぎょっとしたように立ち上がる。

「お、おはようございますっ」

　裏返った声を出し直立不動で言うので、慶仁は静かにと唇に人差し指を立てる。それから、微《かす》かに頬を緩めてその若い男の肩に手を置き言った。

「もう掃除を始めているのか。熱心で結構だ。だが、組長がまだお休みだ。静かにな」

「はいっ、承知しました」

　慶仁の忠告に小声でそう言いながら、しっかり頷いてみせる。歳は二十歳そこそこだろう。顔にはニキビの痕《あと》もあり、いきがってワックスで後ろに撫でつけた髪型もかえって初々しい。

　慶仁も大学を卒業してすぐに本家の見習いに入ったが、三ヶ月の間は誰よりも早く起きてきて、雑巾がけや便所掃除など人の嫌がることを率先してやったものだ。結局、組織ではそういう人間が残るし、伸びると思っている。

　この若者も、次の世代の親分の下で精進すれば、いずれ自分の分家を持てるようになっているかもしれない。だが、こうして若い連中に明け方に二階から下りてくる姿を見られてしまうから、あらぬ噂も広まってしまうのだ。

（まぁ、いまさらだけどな……）

　そう胸の中で呟き、苦笑を漏らす。自分は何を言われてもいい。慶次郎さえ心穏やかに眠り、心地よく目覚めてくれればそれでいいのだ。

慶仁は屋敷の車庫に停めてあった自分の車に乗り込み、わずか二十分ほどの距離にあるマンションに戻る。義母が亡くなってから、二人で暮らしていた部屋から本家屋敷により近いこの部屋に移った。

一人暮らしのうえ、年中仕事に追われて眠りに帰ってくるだけの場所だから、本当はこんなりっぱな部屋でなくてもよかったのだ。けれど、これも慶次郎が生前の財産分与として買い与えてくれたものなので、強く断ることはできなかった。

慶次郎は自分の財産を残す相手がいない身だ。慶仁とも法律上では赤の他人になる。だから、何かと理由を見つけては、慶仁に自分の資産を効率的に分け与えようとするのだ。ありがたい話だが、ときどきありがたすぎて、困惑することもある。

考えてみれば、桂慶次郎という男は反社会的な組織の組長でありながら、その生き様は人に与えるために働いてきたような一生だったと思う。

戦後に何も持たず田舎から出てきた身でありながら、仕事もなく喰えないでいる連中を面倒みてやったことや、慶仁を引き取って台湾の家族に充分な支援をしてくれたこともそうだ。台湾の家族への援助は今でも続いているし、亡くなった妻の実家にも毎月のように金を送っている。さらに、由布子が生きていた頃は、彼女のこともいろいろな面で支えていた。

あれほど愛していた由布子のことは古い友人として経済面と精神面で支え続け、すでに離婚していた彼女との間に肉体関係がなかったことは慶仁でさえ意外な気がした。それでも、慶次郎はけっして金の力を借りて由布子を愛人にしようとはしなかったのだ。

もちろん、どちらかの口からそれを聞いたわけではないが、ずっと二人のそばにいた慶仁にははっきりとその清い関係がわかった。おそらく、どこかの時点で二人の関係は肉欲を超え、同胞としての強い絆となったのだろう。あるいは、慶次郎には妻であった鳳欄を裏切るまいという思いもあったのかもしれない。

いずれにしても、慶次郎と慶仁の関係は、人に話して聞かせるには複雑すぎる。組織の中でも二十七年前の台湾で起きた惨劇について、真実を知る人間は多くない。

あまりにもショッキングな事件だったため、組の気の走った若い者が勝手に報復に出ることを怖れた慶次郎が意図的に真実を伏せたのだ。地元では台湾警察からマスコミに情報が流れないよう手を回し、日本では妻子の死を里帰り中の交通事故によるものと説明した。そして、再び同じような悲劇が起こらないようにと、慶次郎は由布子と慶仁の存在も周囲にはひた隠しにしてきたのだ。

だから、大学を卒業した慶仁が初めて組に挨拶にきて慶次郎が盃を与えたときは、どこの誰だとちょっとした騒ぎになったものだ。あれからすでに十一年。本当に近頃は月日の流れるのがとても早く感じられる。

その朝、慶仁は一人暮らしには無駄に広い３ＬＤＫの部屋に戻ってくると、一度ベッドの上に倒れ込んだ。今からなら一、二時間眠ってからシャワーを浴びて本家に戻ればいい。けれど、なんだか今朝は目が冴《さ》えていて、瞼《まぶた》を閉じても睡魔は訪れなかった。

慶仁は今日の予定を頭の中に思い浮かべる。そして、明日の予定、一週間後の予定、さらには一ヶ月後の予定と思い浮かべているうちに、来月の定例会の議題について考えながら、昨日の大間と芳川の会話を思い出していた。

(やっぱり、分家にも伝えておいたほうがいいだろうな……)

慶次郎には何度も促しているが、そろそろ幹部会で跡目について話し合う機会を持つべき時期だ。そのためにも、まずは慶次郎にはっきりとその意向を示してもらわなければならない。

組織内の混乱を避けるため、速やかに跡目相続を行うべきというのは誰もが意見を同じくするところだ。ただし、誰を望んでいるかとなれば、幹部たちも個々に考えがあるだろう。だからこそ、初代組長である慶次郎自身の意思が大事になるのだ。慶次郎の遺言となれば、誰であってもその口を閉じ、頭を垂れて従うしかない。

第一候補は、都内と神奈川にシマを持つ芳川組代表、芳川久治《きゅうじ》。慶仁も彼の人柄はよく知っているし、文句ない人選だと思う。対抗馬としては、同じく関東中央から横浜《よこはま》にまでシマを持つ大間組の大間忠行《ただゆき》。まさに、昨日人気のなくなった会議室の外で跡目について話し合っていた二人であり、彼らが跡目候補の本命であることには違いない。

ともに同じシマでありながら芳川は不動産業、大間は賭博と芸能関係という業種の違いで、うまく住み分けをしている。桂の組の中にはそういう組織がいくつもある。ただのフロント企業化ではなく、得意分野に特化された細分化が桂組の強みであり、それゆえに一つが倒れてもしぶとくシマを守り抜いていくことができるのだ。

本家の平田は芳川や大間よりも五年ばかりあとに組織に入っており、これから分家を持つ身なので自らも跡目という野望は抱いていない。

（やっぱり、芳川と大間か……）

だが、地方にも跡目を狙《ねら》っている者はいる。たとえば、東海三河組などはその典型だろう。そういう連中との折り合いも、慶次郎が元気なうちにつけておかなければならない。

ベッドに横たわりながら、慶仁は目を閉じたまま考える。とそのとき、大間の横にいた男の顔がふと頭に浮かんだ。矢島濤士郎という男だ。

『なぁ、あんた、本当に組長の男妾じゃないのか？』

自分よりも二歳若いくせに、なんて不躾《ぶしつけ》で無礼な物言いだったんだろう。だが、あんなふうにはっきりと自分にものをたずねる人間は組織の中にはいなかった。ただし、その問いかけはあまりにも馬鹿馬鹿しい。そんな噂など鵜《う》呑《の》みにする者が愚かなのだと胸の中で吐き捨て、慶仁はシーツに額を擦りつける。

あの男のふてぶてしい態度に苛立《いらだ》って、自分もかなり挑発的なことを言ってしまった。腹が立ったからだけじゃない。いきなり矢島が二の腕をつかんできたとき、体の奥に妙な痺《しび》れを感じたからだ。痛いのか苦しいのか、それとも何かもっと違う感覚なのか、すっかりわからなくなった慶仁はいつになく焦ってしまった。

あの男があんな態度を取るのも、慶仁が慶次郎の愛人で、彼に抱かれることによってこの組で揺るがぬ地位を得ていると誤解しているからだろう。

でも、本当はそうじゃない。慶仁の地位や立場などまるで雲や霞《かすみ》のように、あってもないものと同じだ。慶仁はむしろ慶次郎の分身であり、影なのだ。本体がなくなれば影も消えてなくなるだけだった。

台湾人だった自分が日本人になって生きてきた四半世紀を、後悔したことなど一度もない。台湾人に祖国を捨てたとなじられても、きっと自分は胸を張って家族を助けるために、一家の唯一の男としてできることをしたのだと言うだろう。

ただ、あの矢島という男の視線を思い出すと、そんなふうに誇っている自分の足元がすくわれそうで怖い。これまでの人生で自分を支えてきたものを、あの男は簡単にひっくり返してしまうかもしれない。そんな不吉な予感を抱かせる。

いっそ名前など知らないままでいればよかった。今朝の雑巾がけの若造でさえ、情が移るのがいやであえて名前を訊かずにおいた。名前を知ればそこに姿形ができ、一言話せば魂を持った人になる。自分は慶次郎のように慈悲深い人間じゃない。大局を見極めながら多くの人間に愛情を示したり、巧みに統率していく能力はないのだ。

慶仁は昨夜の義父の弱気や愚痴を思い返しながら、今日の午後には組の顧問弁護士を全員集めようと思っていた。が、そのとき「あっ」と自分で声を漏らしたのは、昼からは名古屋《なごや》の事務所に出張が入っているのを思い出したからだ。

　東海エリアにはパチンコ業界に喰い込んでいる義武《よしたけ》組と、土建業の看板を挙げている東海三河組がある。双方を訪ねて、利益率の確認と上納金に不明瞭《ふめいりょう》な点がないか査察を行う。どこの組にも定期的な査察は行っているので地方の出張は少なくないが、なんだか今日は気がのらない。仕事は仕事で気分の問題ではないことはわかっていても、何かこの日は心にわだかまるものがあった。

　もやもやとした気持ちを拭い去るように、慶仁はベッドから起き上がるとバスルームに向かう。熱いシャワーを浴びて、着替えをすませたらまた本家に行って今日の出張のための資料を揃《そろ》えなければならない。

　新幹線で名古屋に向かう間、わずか二時間足らずとはいえ同行の者はいないので、完全なプライベートな時間となる。このときに、慶次郎を説得する言葉を今一度考え、早々に遺言を書面にして署名と日付を入れてもらおう。それさえあれば、弁護士の手元にあずけていなくても効力はあるし、それによって桂組がつつがなく新しい世代を迎えることができるのだ。

　その日は、九時前にもう一度本家屋敷に足を運び必要な指示を残して、平田にも慶次郎のことを頼んでおいた。慶次郎のスケジュールを見たところ、今日は外出の予定はない。

　昼前には、慶次郎が個人資産として所有している、長野《ながの》県の森林の購入を希望する地元の不動産屋がやってくることになっている。この件は慶仁もすでに検討して売却の方向で考えるようアドバイスしていた。慶次郎も前向きに考えると言っていたので、話が特にこじれることはないだろう。また、午後からは財界の人間との顔合わせが二件、その後大間組との打ち合わせが入っている。

(また、大間か……)

なんだか、近頃大間がずいぶんと本家に顔を出してくる。おそらく跡目へのアピールもあるのだろうが、あまりあからさまにやられると鼻につく。私情を挟む気はなくても、慶仁も人として好きもあれば、嫌いもある。大間組の大間忠行は豪腕ではあるが、仕事が荒いところがあった。もちろん、業種のせいもあるが、組織運営もよくも悪くも放任で、しきたりを軽んじているように思えるのだ。

だから、矢島のような礼儀知らずが総本部長になっていたりするのかもしれない。だが、奇妙なもので、いい加減な連中ばかり集めてくるわりにはシノギは驚くほどうまくやっている。特に、矢島が今の地位に着いてからというもの業績は上がっているし、過去にはときどき見られた警察とのトラブルも目に見えて減っていた。

だとしたら、大間が言っていたようなただの「色男」ではなく、頭のほうもそこそこ切れるのだろうか。

慶仁はふと気になって、本家事務室のパソコンで分家の人事ファイルを開いた。これも慶仁が本家に入ってから行うようになったことだが、各分家の主だった幹部と構成員の簡単な履歴をデータ保存している。その中で矢島濤士郎の履歴を確認して、思いがけない事実を見つけた。

てっきり街のチンピラ上がりかと思っていたが、意外にも学歴は大学卒だった。それも名の通った私立大学の社会科学部を中退ではなくちゃんと卒業して、その後は短い間だが一部上場企業にも就職をしていた。

（なんでだ……？）

それ以外には神奈川出身であることや、語学が堪能であることなどの記載がある。構成員や準構成員の中には卒業中学名と現住所しか記載のない者も大勢いるし、幹部といえども出身地くらいしか記載されていない者もいる。そんな中で矢島はかなり身元がはっきりしているほうだった。

彼が大間の本部長になったとき、初めて桂の本家に挨拶にきたらしいが、慶仁はたまたま仕事で屋敷を出ていたため直接顔を合わせることはなかった。ただ、矢島を連れた大間が本家を引き上げるとき、ちょうど慶仁が出先から戻ってきて、駐車場でその姿をチラリと見たのは覚えている。

あのときは、ずいぶんと若いのを連れてきたなと思っただけだったが、一年ほどして今度は総本部長となり幹部会の席に現れた。そして、昨日が三度目。二人きりで言葉を交わしたのは初めてだった。にもかかわらず、あの砕けた物言いだ。

誰もが慶次郎のお気に入りである慶仁に対して敬語を使うのに、矢島は慶仁に睨まれるのは得策ではないとは考えていないらしい。他の連中のように、下手をすれば破門や除名の忠言をされるかもしれないと心配もしていない。

もっとも、いくら媚《こ》びてこられても慶仁がそれで評価を変えることはないが、陰口を叩《たた》いているのを知ったところでその人間を排斥しようと考えたこともない。だから、矢島が慶仁にどんな態度を取ろうと、彼が慶次郎に忠実で、組のために尽力していればそれでいいのだ。

慶仁はパソコンのファイルを閉じると、本家屋敷を出る。今からなら十時頃の新幹線に乗ることができるだろう。午後中には仕事を終えて、東京に戻ることができる。

出張のときは地元の組が接待の用意をしていることが多い。だが、慶次郎が一緒のときでなければ、慶仁は一人で接待を受けることはない。それはどの分家に行っても同じで、慶仁の決めたやり方だ。

どこの組とも必要以上に親密にはならない。だからこそ、平等に接することができる。そんな慶仁の頑なな態度を、鼻持ちならないと思う者も少なくないが、結局自分はそういうところでも融通のきかない人間なのだ。

だから、組織のためではなく、これからも慶次郎のためだけに働いていけたらいい。そして、次の桂組の組長も慶次郎のようにこの巨大な組織と人を心から愛し、また本人も組から愛される人間になってもらいたいと心から願っていた。

その日、名古屋に着くと先に義武組に顔を出し、事務所で簡単な会計報告を受け、帳簿の確認をすませた。そのあと、東海三河組に向かう途中のことだった。呼んでもらったタクシーに乗り込んだところで、携帯電話が鳴った。着信の表示は、平田のすぐ下で働く木村《きむら》からだった。

本家では年中顔を合わせているが、滅多に直接電話をもらうようなことはない。珍しいこともあるものだと思った次の瞬間、ふといやな予感が胸を過《よ》ぎった。

『浅黄さんですかっ。今どちらに？　すぐに東京に戻ってください。組長が……』

焦る言葉に慶仁が思わず叫ぶように訊き返す。

「何があった？」

『組長が先ほど、書斎で倒れましたっ』

すぐに救急車を呼んで、今は平田のほか数名の幹部が付き添って病院にいるらしいが、容態など詳しい状況はまだわかっていないという。ただ、急に苦しそうな呼吸になったかと思うと、胸を押さえて倒れたというので、心不全かもしれないということだった。

「すぐに戻るっ」

病院名を聞いた慶仁はそれだけ言うと電話を切り、タクシーの運転手に至急名古屋駅に向かうように言った。心臓が痛いほど速く打っていた。今朝、なんだかいやな予感がしたのだ。いつもなら気にもしない地方の出張なのに、なぜか東京を離れたくない気がして足が重かった。あれは、予兆だったのだろうか。

（お義父さん……）

まだ死んでもらっては困る。桂組には慶次郎の力が必要なのだ。大勢の者がその大きな腕の中で生きている。力のある幹部を分家させフロント企業に変貌させて経済的な安定を図りながらも、本家の慶次郎の存在が要となって束ねてこその組織なのだ。個々になれば、その力が一気に分散されてしまう。

だからこそ、慶次郎の威光の衰える前に跡目を決めて、速やかに次世代へと導いていくことが慶仁にとって最も重要な仕事だった。

（それを終える前に、こんなことになるなんて……）

老いは感じていたものの、まだ時間はあると思っている部分は確かにあった。そんな自分の油断とあるまじき失態に、慶仁は思わず唇を噛み締め拳で自分の膝《ひざ》を強く打った。

まだ生きていてほしい。本音を言えば、組のためよりも自分のために。慶次郎からはたくさんのものを与えられた。経済的な援助だけではない。日本で学ばせてもらい、優しい義理の母親を与えてももらった。そして、なにより慶次郎自身から大きな愛情をそそいでもらった。

不幸な亡くなり方をした実の息子の影を追うようにではあったが、それでも慶仁は充分に幸せだった。だから、できるかぎりのものを返したい。慶次郎が隠退したあかつきには、今度こそ義父と息子としての穏やかな生活を送れると夢に見ていた。そのときは、誰に憚《はばか》ることもなく「お義父さん」と呼べると思っていたのだ。

だが、今はそんな自分の感傷よりも組織のことを考えなければならない。慶仁は混乱する頭の中を懸命に整理する。このまま病院で一命を取りとめてくれればいい。よしんば、後遺症が残るようなことがあっても、自分が全力でサポートするだけだ。

問題は万一のことがあった場合だ。考えたくはないが、考えなければならない。それが、今慶仁のできることでやるべきことだから。慶仁は携帯電話で平田に連絡を入れる。とにかく、病院に付き添っている彼から慶次郎の詳しい状態を聞くのが先決だ。

緊急の事態なのですぐにつかまるとは思っていなかったが、平田はすぐに電話に出た。

『浅黄さん、東京までどのくらいかかりそうですか？　とにかく、一刻も早くこちらに。親父の容態ですが、どうにもよくありません。いや、まだ集中治療室なんですが……』

四十を越えた幹部連中は、慶次郎のことを「親父」と呼ぶことが多い。幹部の中では比較的若いほうだが、五十前の平田もやはりそう呼んでいて、慶次郎も一人一人をわが子のように思っているのだ。それが、一見合理化されたフロント企業集団の真実の姿だった。

「万一のことはあると……？」

慶仁は自らをなんとか落ち着けてそうたずねた。平田からの返事は低い唸り声だけだった。

そして、それがすべてを物語っていた。

「わかった。今は名古屋駅に向かっている。できるだけ早く、そちらに行く」

短くそれだけを伝えて電話を切ると、慶仁は東京駅からの段取りを考える。慶次郎の元へ一秒でも早く駆けつけたいと思っている。だが、その前に本家屋敷に戻らなければならない。慶次郎の書斎のパソコンにあるデータがどうしても必要なのだ。そして、それは屋敷にいる他の誰かに頼むことはできない。どうしても慶仁自身の手で用意しなければならないものだった。

名古屋駅からすぐに東京行きの新幹線に飛び乗ったが、わずか二時間が五時間にも十時間にも感じられた。苛立ちの中で、慶仁は何度も目を閉じては慶次郎の無事を祈った。

(お義母さん、お願いです。お義父さんを連れていかないでください……)

二時間後、東京駅に着くと慶仁はすぐにタクシーを飛ばして本家屋敷に向かった。時刻は三時過ぎ。途中何度も平田に電話をして慶次郎の容態を確認している。まだ、治療は行われているが、わずかだが落ち着きを取り戻しつつあるという。ただし、まったく予断は許さない状態だ。平田の報告を聞いて、慶仁は桂組付きの弁護士三人に連絡を入れておいた。すぐに病院のほうへ向かってほしいと頼んだのも、万一に備えてのことだった。

慶仁は屋敷に着くと、真っ直ぐに一階奥の慶次郎の書斎に向かった。普段は人が入れない場所だ。ときおり慶次郎と話をするために呼び出される者はいるが、それ以外では慶仁と平田ぐらいしか出入りをしていない。

本家の者はほとんど病院に出払っているのだろう。人影のない屋敷で書斎の前にきた慶仁が、今一度腕時計を見てドアを開けようとしたときだった。書斎のドアが少し開いている。奇妙に思った瞬間、中から人が出てきた。屋敷の手伝いの者かと思ったが、長身の男を見上げるとそれは矢島だった。

「なんで、おまえが……？」

思わず呟いたが、矢島は慶仁を見てわずかに眉を上げたものの、落ち着いた様子で言う。

「病院へ行かなくていいんですか？　俺は今から向かいます。大間の親父もすでにあちらにいますんで」

「俺もすぐに行く。だが、その前にしなければならないことがある。そこをどけっ」

慶仁はそう言うと、矢島がなぜ慶次郎の書斎の中にいたのかを問い詰めることもせずに部屋に飛び込む。すぐさまパソコンに向かったが、てっきりスリープ状態になっていると思っていたものがちゃんと立ち上がっていた。

（なんでだ……？）

慶次郎が倒れてから、ここには誰もいなかったはずなのに奇妙だった。だが、今はとにかく時間がない。

（早く、例のファイルを……）

焦って、デスクトップからそのファイルを探す。「K」のフォルダ名を見つけて開くと、さらにその中から「KK」のフォルダを開き、「KKK」までたどりつく。

「これだ……」

そこに入っているのは、慶次郎の遺言の下書きだ。パソコンで打った遺言書は認められないが、打ち出したそれに慶次郎の手で署名と押印をし、日付を入れればある程度の効力は主張することができるはずだ。慶次郎の意識がなくても、そんなことはどうとでもする。人払いをして慶仁が慶次郎の手を持ち、無理にでも書かせることはできる。

そうして、跡目に関して慶次郎の意思をなんらかの形で残しておかなければ、組織にとって大きなトラブルになることは目に見えている。それを避けるためには、少々強引な手であっても、押し通すしかないのだ。

慶仁が跡を継ぐ意思がないことを伝えたのち、慶次郎は熟考の末に芳川組の組長、芳川久治の二代目襲名を考えていた。そして、その下書きはすでにここに入っていて、しかるべきときがきたらこれと同じ内容を直筆で清書して押印し、日付を入れて組弁護士にあずける予定だったのだ。

だが、そのフォルダを開いても、ワードの文書が見つからない。フォルダはなぜか空になっていた。確かに、ここに入っていたはずなのにどうしてだろう。考え込む慶仁だが、絶対に間違えているはずがない。つい先日もこれを開いて、内容を確認したばかりなのだ。

そのとき、ハッと脳裏に浮かんだのは、誰かがファイルを意図的に消したということだ。では、誰が？　そう思ったとき、すぐさまさっき部屋から出てきた矢島の顔が浮かんだ。

まさかとは思ったが、だったら他に誰がいるというのだろう。だが、考え込んでいる場合ではない。ないならないで次の手を打たなければならない。慶仁は書斎を飛び出すと屋敷の駐車場に行き、今朝マンションから乗ってきて停めてあった自分の車に飛び乗って病院に向かう。

心の中では無駄足を踏んだことに悪態をついていたが、真相の追及よりも今は次の手だ。口頭での遺言を立会人のもとで行うしかないだろう。これも、もはや慶次郎の意識があるかないかは関係ない。慶仁が耳を寄せて、こう言ったということを弁護士に認めさせるしかない。うるさい指摘をする口なら金で塞《ふさ》ぐだけだ。

そうして、慶仁が病院に行くと、木村が正面玄関まで迎えにきて集中治療室からすでに特別室に移されていた慶次郎のところまで案内する。

「組長はどんな具合だ？　弁護士は？　他に誰がきている？」

駆け足のまま矢継ぎ早にたずねる慶仁に、容態はかなり厳しいが医師はできるかぎりのことはやったという状況だと伝えた。弁護士はすでに三人とも揃っているらしい。他には主だった関東近県の幹部クラスが集まっているという。

黙って頷いた慶仁は特別室の前までくると、そこで青ざめた顔の幹部連中を見渡し、すぐに弁護士三人を呼んで部屋に入る。他の連中も一緒にと望んだが、慶仁はその場できっぱりとそれを止めた。

「今は控えてください。どうしても済ませておかなければならないことがある」

本来なら目上の幹部たちにもっと丁寧に、角の立たない物言いで伝えるべきところだったが、今はそんな余裕などない。そして、弁護士を連れて部屋に入った慶仁は、担当医に直接容態を訊く。

「できるかぎりのことはしましたが……」

要するに、もうこれ以上は手の施しようはなく、あとはその瞬間を待つだけということなのだろう。

「わかりました。では、五分、いや三分で結構です。この場を我々だけにしていただけませんか」

「いや、それは……」

医師は責任感から当然それを受け入れることはできないと言う。だが、慶仁のほうももう時間がないのだ。看護師を一名立ち会わせ、何かあればすぐに医師を呼ぶという条件で、慶仁はわずか三分の時間を得ることができた。

ベッドの上の慶次郎は昨夜の面影もなく、もはや死相がありありとその顔に浮かんでいた。どれほど心が抉《えぐ》られる思いであったか、そのときの自分の気持ちはこの先何十年も言葉にはならないだろう。慶仁は死神に魅入られた愛する人の顔にそっと触れ、込み上げてくる涙を懸命に堪《こら》えて北京語で呟いた。

「お義父さん……。お願いです。最後の力を振り絞ってください」

それから、弁護士たちを見て、異論はいっさい認めないという意思を明確に伝える。

「今から組長の遺言を受けます。わたしが聞いて口頭でみなさんに伝えますので、それをそれぞれ訊き間違えることなくご記憶ください。三人の公的な証人がいるということで、この遺言は有効であると認めていただきます」

慶仁の言葉を聞いて、弁護士は三人三様に困惑の表情をあらわにした。当然だろう。まともな弁護士ならそんなものは認めるわけにはいかない。だが、桂の弁護士がまともである必要などない。屁理屈《へりくつ》など数多《あまた》こねられるが、今はそんなものはどうでもいい。慶仁は戸惑う三人の弁護士を睨みつけると言った。

「これが桂慶次郎の意思であり、それを伝えるために自分もあなたたちもいるのです。どうかご理解ください。では、これから組長の遺言を……」

まさにそう言った瞬間だった。慶次郎がベッドの上で大きく体を痙攣させた。さっきまでいくらか落ち着きを見せていた慶次郎の顔色がさっと土色に変わる。

（しまった……っ）

慶仁が心で呟くが早いか、立ち会っていた看護師が声を上げてスライドドアを開け医師を呼んだ。

「先生っ、お願いします。容態が……っ」

医師がその声に弾かれたように特別室に戻ってきて、慶次郎の容態を確認する。その間、慶次郎に駆け寄ろうとする慶仁を懸命になって押さえていたのは三人の弁護士だった。彼らも、弁護士の看板を挙げているかぎり、偽りの証言はしたくないという思いがあったのかもしれない。

医師は延命の処置を施そうと懸命になっている。看護師も同様になんとか慶次郎を今一度この世に引き戻そうとしてくれた。だが、世の中には天命というものがあるのだろう。慶仁はそのとき、しみじみと「人は天には逆らえない」という思いを噛み締めた。

そばにあった心電図が虚《むな》しく一定の音を鳴らし、その瞬間が訪れた。もう終わりだ。どんな悪あがきも無駄だと、その単調な音が慶仁に訴えていた。

その瞬間、慶仁は病室を飛び出し、そのまま病院の中を闇雲に走り一人になれる場所を探した。あのままあの場所にいたら、きっと自分は叫んでいただろう。滂沱《ぼうだ》の涙を流し、まだ温かい骸《むくろ》にしがみつき、「お義父さん」と声が涸《か》れるまで呼び続けたに違いない。

それをしてはならないという理性を振り絞ったら、あの場から逃げ出すことしかできなかった。そして、気がつけば慶仁は病院の中庭の片隅で跪《ひざまず》いていた。心の中に渦巻いているのは、絶望と虚無感。同時に、彼が生きている間に自分が成すべきことを成せなかった情けなさが慶仁の心をズタズタに引き裂いていた。

だが、心の中の一番奥をさらけ出したなら、ただただ辛く悲しいという思いだけだ。日本で慶仁に無償の愛をそそいでくれた唯一の人を亡くしてしまい、できることなら慶次郎のそばで毒でも呷《あお》って死んでしまいたいくらいだった。

よろめくように中庭の片隅のベンチに腰掛けると、すぐそばの早咲きの桜の木から風に吹かれた花びらが散ってくる。日本の春はこんなにも美しいのに、慶仁にとっては悲しいことばかりが起こる。己の顔を両手で覆いながら声を押し殺して泣いていると、目の前に人の気配がした。だが、顔を上げる気もしない。早くどこかへ行ってくれと思っていた。

なのに、その気配がさらに近づいてきて、慶仁が汗と涙でぐしゃぐしゃになった顔を上げる。

「馬鹿だな。辛いなら、その場で泣けばいいだろう。なんで逃げるんだ」

そう言いながら、自らも苦渋の表情を浮かべているのは矢島だった。慶仁はその顔を見た瞬間、本家屋敷の出来事を思い出した。この男があのデータを消したに違いない。そう思って、咄嗟《とっさ》に立ち上がり、彼の襟首をつかんで問いただそうとした。なのに、なぜか指には力が入らず、また涙が溢《あふ》れてきてどうしようもなかった。

こんな顔は誰にも見られたくはない。そう思って慶仁が矢島を突き放そうとしたら、彼の腕が自分の体を思いのほか強く抱き締めた。

「お、おい……っ」

離せと言うつもりだった。だが、それよりも早く矢島が言った。

「泣きたいときは泣けばいい。俺以外は誰もいないから」

そんな言葉など慶仁にとってはなんの意味もない。自分が涙を見せることができるのは、慶次郎の前でだけだ。それ以外なら、すでに亡くなった義母の前だけだろう。だから、こんな奴の前では泣かない。絶対に泣くものか。

そう思っていたのに、慶仁の体を抱き締める矢島の力は強く、その腕の中は慶次郎の横で眠るときのように温かい。

(お義父さん、どうして一人にしてしまうんですか？　どうしてもう少し一緒にいてくれなかったんですか……？)

胸の内で何度も問いかける言葉は声にはできない。だから、それが全部涙になって溢れてくる。慶仁が崩れ落ちそうな体から力を抜くと、矢島はしっかりと抱き締めたまま髪や額に唇を押し当ててくる。

きっと正気なら殴り飛ばしていただろう。けれど、今はそれを受け入れてしまった。その温もりがどうしようもなく心地がよかったから。亡くなった義母の手のひらの温もりにも似ていて、背中を撫でられるたびに「何も心配しなくていい」と慰められているような気がした。

そして、頰に彼の唇が触れたとき、慶仁は遠い昔に慶次郎がきれいな手で自分の頰を撫でて名前を訊いた日のことを思い出していた。

「俺を助けて……」

思わずそう呟いた。錯乱する頭にはもはや相手が矢島だということもわからなくなっていた。

「しっかりしな。あんたは組のためにやることがあるんだろう。心配するなよ。俺がいるから。ずっとあんたと一緒にいるよ。あんたを苦しめるものからちゃんと守ってやるから」

頭上から返ってきた言葉に、慶仁はどうしようもないほどかき乱されていた心が、少しずつ落ち着きを取り戻すのを感じていた。

そうだ。泣いている場合じゃない。自分にはやるべきことがある。最後の悪あがきは何もかも間に合わなかった。けれど、これですべてを投げ捨てるわけにはいかない。きっと無念の思いで亡くなった慶次郎のためにも、彼が創り上げた桂組をきちんと次世代に継いでいくのが自分の役目なのだ。

嘆き悲しむことなどいつでもできる。慶仁は己の頬を自らの手の甲で拭う。高雄の貧しい農村で、姉の教科書を借りて読んでいた頃のように、今は先が見えずに不安だった。けれど、過去への人生の扉は固く閉じられているのだ。どれほどの苦難と苦悩が待っていても、前に向かって進むことしかできない。慶仁にかぎらず、人はみな誰もそういうものなのだ。

◆◆

戦後の日本において、闇のカリスマであった桂《かつらけいじろう》慶次郎が逝った。

畳の上では死ねないのが当たり前という世界で生きてきた身としては、いい往生だったのかもしれない。それでも、その死はあまりにも突然すぎたし、七十二というのは若すぎたと思う。

慶次郎自身も隠退後は、伊豆《いず》の別宅でのんびりしたいと言っていた。そんな言葉を思い出しても虚《むな》しいだけだが、そのときは慶仁《よしひと》も一緒に組織を去って、彼のそばで身の回りの世話をしながら暮らそうと思っていた。それもすべて夢と消えてしまった今、慶仁には残された深刻な問題があった。言うまでもなく、桂組の跡目のことだった。

多くの者が慶仁の二代目を、好むと好まざるとにかかわらず想像していたのかもしれない。だが、それは慶次郎に伝えていたように、あり得ない話だった。だが、組織に空白の期間を長く作るわけにはいかない。早急に次の桂組組長を決めなければならない状況だった。

慶次郎の初七日に幹部を本家の会議室に集め、慶仁はいつものように議事進行役を務めながら、これまでの定例会とはまったく違う強いプレッシャーを感じていた。慶次郎という組織のトップの後ろ盾をなくした若造、それが幹部連中の慶仁を見る目だった。だが、それに気圧《けお》されている場合ではない。やるべきことをやらなければ、本当に桂組が傾くことになりかねない。

大まかな説明だけで、多くの幹部は今回の会議の趣旨を理解してくれた。そして、具体的に誰が跡目を取るのかとなったとき、慶次郎の遺書がないだけに誰もが周囲の視線を気にして黙り込む。もちろん、中には自ら手を上げたい者がいることもわかっている。だから、誰かが口火を切るしかなかった。

「それでは、入れ札でよろしいですか？」

慶仁は、会議室のテーブルの左右にズラリと並ぶ幹部の顔を一人ずつ見てたずねた。すると、多くの幹部が意外そうな表情になる。てっきり、慶仁が跡目の権利を自ら主張すると思っていたのだろう。そうなれば声を荒らげて、これまでの不平不満も合わせてぶちまけようと構えていた。ところが、その勢いを削《そ》がれて、肩透かしを喰ったような気分だったのだと思う。

中には、慶仁が非難の矢面に立たされることを避けるため、自ら「入れ札」を提案したと考える者もいた。彼らはすかさず投票権は誰が持つのかと質問してくる。票の取りこみや裏工作をして、まだ慶仁が跡目を取ると案じているのかもしれない。

そこで、無駄に票が散ってしまっては入れ札の意味もなくなるので、まずは最低五名の推薦人を持って立候補する者を募り、あとは本家と分家から各三名に投票権を与えて入れ札をするのはどうかと提案した。

しばしの沈黙のあと、誰からともなく賛同の声が上がった。とりあえず、入れ札の方法としては問題ないと納得してくれたのだろう。あとは慶仁が立候補しなければ、跡目を狙《ねら》う意思がないとはっきり理解してもらえるはずだ。

やがて、締め切りと設定した一週間後には立候補者が出揃《でそろ》った。おおよそ誰もが想像していたとおりの面々だった。まずは北関東関口《せきぐち》組の関口、東海三河《みかわ》組の辻本《つじもと》、そして大間《おおま》組の大間だ。慶次郎が考えていた芳川《よしかわ》は立候補をせずに、ことの成り行きを見守ると公言している。

慶仁は予定どおり、この入れ札の見届け人としての立場を通すつもりだった。ところが、立候補者の確認の場で予期せぬ出来事が起こった。

「もう一名、立候補者の登録をお願いします。こちらが五名の推薦状です」

そう言って、本家の平田《ひらた》が差し出した書状には、平田他本家勤めの幹部五名の名前で浅黄《あさぎ》慶仁を立候補者とする旨の内容が書かれていた。もちろん、慶仁は何も聞いていなかった。

驚いたものの他の幹部たちの前で、自分には立候補の意思はないことをあらためてはっきり告げた。そして、それは先代である慶次郎にも伝えて、承諾してもらっていることも話した。だが、平田は真剣な面持ちで、本家では慶次郎から絶大な信頼を得ていたというだけでなく、現実的に考えて桂の将来を慶仁に託したいと思う者がいるのだと説明した。

「しかし……」

このとき、慶仁は幹部会の場で初めて言葉に詰まった。これまで議事進行役を務めて、唐突な質問や予期せぬ突き上げにも冷静に対応してきた。その歳に不相応なくらいの落ち着きを評価する者もいたが、それがふてぶてしいと毛嫌いする者もいた。

だが、そんな自分がこのときばかりは何をどう言えばいいのか本気で困惑していた。

「お願いします。先代の遺志を継いで、浅黄さんが引っ張るのがいいとわたしらは思っていますから」

「遺言書がないかぎり、亡くなった組長の意思を言っても詮無《せんな》いことです。ずっと近くで仕事をさせてもらっていたのも、ひとえに先代の温情だと理解しています。いずれにしても、わたしにはそんな力もない。年齢一つをとっても、周囲が納得する跡目とは言えないでしょう」

慶仁の言葉に平田はそれでも、頭を下げて自分たちの思いを汲《く》んでもらいたいと言う。まさかこんな展開になるとは思ってもいなかった。

本家では慶次郎の目があるから、分家と違ってあからさまに慶仁について陰口を言う者もいなかった。が、本心としては、分家の連中以上に慶仁のような若造の存在を忌々《いまいま》しく感じていると思っていた。だが、現実は慶仁の認識とは少し違っていたようだ。

「我々は分家を作り、フロント企業化することで暴対法などさまざまな苦難を乗り越えて、他の組織にはない発展をしてきました。この形を維持していくことがなによりも大事だと考えれば、やはり浅黄さんの力は必要です。ここに推薦をした者たちは皆そう考えていますから」

これは平田たち有志の大きな賭《か》けでもあったのだろう。慶仁が跡目になれば、彼らはそのまま本家に残ることができる。だが、他の候補者が跡目を取ったあかつきには、自分たちは外に出される。つまり、代替わりによる勢力構造の変化が起きて、今の立場が確実に下がるということだ。

だが、それだけでこんな大胆な真似をしたとは思えない。それよりは、立候補者の中で有力な組織におもねって身を守るほうがずっと容易なのだから。

平田たちの気持ちも汲んでやりたい。彼らは本当によく先代に尽くしてくれた。慶仁のことも無言で認め、分家からの圧力にも耐えてきてくれた。けれど、やっぱりそれは無理なことだった。

慶仁は平田に向かって深々と頭を垂れる。

「申し訳ありません。ですが、やっぱりわたしには分がすぎます。先代の庇護《ひご》の下に仕事をさせてもらっていた身です。ここは見届け人としての使命を全うしたいと思っています」

慶仁の言葉を聞いて、候補者の一人である関口が言う。

「平田さん、あんたらの気持ちもわかるが、本人が分じゃないと言っているものはしょうがないだろう。諦《あきら》めな」

平田は関口を睨《にら》むが、東海三河の辻本もそれに同意する。

「やる気がない者を無理に引き立てても、それは酷ってもんだ。桂のトップとなれば半端な覚悟でできるものじゃない」

幹部の大勢から異口同音に慶仁の候補を取り下げるべきだと意見がでたところ、口を挟んだのは大間だった。正確には、大間組の総本部長である矢島《やじま》だ。

「いいじゃないですか。推薦人がいるんだから、入れ札すればどれだけの者が誰を望んでいるかはっきりする。三人が四人になってまずいって思う程度の自信しかないなら、最初から立たなけりゃいいだけだ」

横にいた大間は苦虫を噛《か》み潰《つぶ》したような顔をしている。だが、関口組と東海三河の連中は黙っていなかった。

「おいっ、若造っ。嘗《な》めた口利いてんじゃねぇぞっ」

「てめぇの口出しなんざ、誰も聞く耳持たねぇんだよっ。大間さんよ、近頃シノギを伸ばしているからって、下のもんのしつけがなっちゃいないんじゃねぇか。そんなんであんたが上に立って、本当に桂をまとめていけるのかよ？」

不満の矛先が自分ではなく大間に向かったことで、矢島は小さく頭を下げた。

「すんません。俺の物言いが悪かったのは詫《わ》びさせていただきます。親父には常日頃、口の利き方には気をつけろと言われていますが、なにぶん育ちが悪いもので勘弁してやってください」

若い者に素直に頭を下げられると、上の者たちはかえってやりにくいものだ。そこでいつまでも小言を言えば度量の狭い人間に思われる。

黙り込む関口と辻本を見てから大間の表情も確認し、慶仁はその場を仕切り直すために立ち上がる。

「平田さん他、本家で勤めてくださった皆さんの気持ちには深く感謝します。ですが、どうかわかってやってください。わたしは跡目にはなれません。ですから、立候補はないものとご理解ください」

今度は慶仁が平田に向かって深々と頭を下げた。奇《く》しくも、幹部会の中にいる若造二人が詫びを入れたことでその場はどうにか納まった。

平田にはあとで何度でも詫びようと思う。この先のリスクを考えれば、推薦人となってくれた一人一人がどれだけの勇気を振り絞ったのかは想像するに余りある。慶仁は床に額をつけてでも、彼らの思いを無下にしたことを詫びなければならない。そして、次の跡目が誰になろうとも、今の本家勤めの者たちが不当に冷遇されることのないよう、それだけは見届けなければならないと思った。

結局、予期せぬ出来事で揉《も》めた幹部会だったが、慶仁を除く三人を跡目立候補者と認め、十日後にはまた本家屋敷にて入れ札を行い跡目を決定することで満場一致となった。

そして、その夜慶仁は平田をはじめ自分を推薦してくれた本家の幹部と面談して、あらためて自分の真意を告げた。すべて本当のことを語るわけにはいかない。だが、話せることは話した。

自分の母親が先代の知り合いであったことで、たまたま目をかけてもらい今の立場があること。先代から跡目の話がなかったわけではないが自分には力がないし、組織内では反発を感じている者が少なからずいることもわかっている。

だから、入れ札によって決定した跡目が誰になろうと自分たちのできる形で支えて、これからも桂のために尽くしてほしいと深く頭を下げた。

平田たちはそんな慶仁に対して、自分たちはけっして己の保身のために今回の行動を起こしたわけではないと話してくれた。ただ、亡き慶次郎の意思を一番よく理解している人間は誰なのかと考えたとき、それはやっぱり慶仁しかいないということであの推薦状を書いたのだという。

そして、慶仁が上に立たないとしても、自分たちが桂のために尽力していく意思に変わりはないと言ってくれた。そんな言葉にどれほど心を打たれたかわからない。これもすべて、桂の人間は誰も皆家族だと言っていた慶次郎の心が伝わっていたからこそのことだった。

本家の人間が無言のうちに察していた慶次郎の思いを、分家の者たちがどれくらい汲んでくれていたか、案じる部分がないとは言えない。けれど、桂は分家の皆を抱えて、一つの家族なのだ。その結束を忘れるような人間に桂の代紋を背負うことは許されないと思っている。

入れ札の日まであと五日となった頃、慶仁は本家屋敷の身の回りの整理を始めていた。組の跡目についての遺書は残せなかった慶次郎だが、個人資産についての遺言は数年前に弁護士に渡している。明日からはそれらの手続きに追われるだろう。

桂慶次郎の死を心から嘆き悲しむ日はまだまだ遠いと思うと、開いたばかりの北米の市場の情報を確認しながら慶仁が大きな溜息を漏らす。この分室での仕事も、あとわずかかもしれない。慶仁は確実に本家を追われるだろうが、他の投資要員はこのままここに残ることができるよう嘆願書は用意している。

ここは、桂の資産運用の要となる部署だから、誰が跡目を継いでも不用意に動かすことはないはずだ。そのあたりのことは次の桂の組長となる者の良識を信じたいと思っている。

その夜、慶仁は明け方近くになって本家屋敷をあとにした。桂慶次郎という主を失った屋敷を振り返って見ると、まるで砂でできた城が風に吹かれてその形さえ失っていくような気がした。

入れ札の日を明日に控えたその夜、慶仁は自分のプライベートで使用している携帯電話でその男を呼び出した。男とは大間組、総本部長矢島濤士郎《とうしろう》だ。

跡目が決まるまでは、まだ本家は慶次郎が生きていたときと同じ状態ですべてが回っている。慶仁に与えられた個室も屋敷の一階の片隅にあった。そこへ現れた矢島は、緩めたネクタイにスーツ姿だったが、慶次郎の喪中であるため黒のスーツにシャツやネクタイも地味なものを身に着けている。

他の連中なら黒ずくめのいでたちはいかつい強面《こわもて》が際立って、人が避けて通るような雰囲気をかもし出すものだが、この男だけはまったくそんなことはない。むしろ、先端のファッション雑誌から抜け出てきたかのように垢抜《あかぬ》けて見えるのだ。

ここのところ忙しかったのは本家の人間ばかりではない。次の跡目が決まるまで、どこの分家も落ち着かない中でそれぞれのシノギをこなしている。特に、跡目に立候補している組にしてみれば、組織をあげて入れ札のための根回しをしている最中で、明日の結果が出る瞬間まではその手を休めることなく票固めに奔走しているところだろう。

そんな中、跡目候補の中でも最も有力視されている大間の総本部長を呼び出したのは他でもない。矢島にはどうしても聞いておかなければならないことがあった。

うっすら無精髭《ひげ》が顎《あご》と鼻下に生えているところを見ると、この男も大間の命令でこの一週間ばかりは目の回るような忙しさだったに違いない。だが、それを斟酌《しんしゃく》してやるよりも、重要なことがあるのだ。

慶仁の個室に入ってきた矢島は、デスクの前の椅子に促されて腰掛けると訊《き》いた。

「本家の若頭補佐から直々にお呼びとは、いったいなんの用です？」

「その呼び名もあと数日のことだ。だが、そんなことはどうでもいい。それよりも、訊きたいことがある。正直に答えろ。ことと場合によっては、洒落《しゃれ》も冗談も抜きにおまえを除名にする。そして、それが俺の若頭補佐としての最後の仕事になるかもしれないということだ」

慶仁は目の前で長い足を組み、ゆったりと腰掛けている矢島に鋭い視線をやった。

「訊きたいこととは？」

「わかっているだろう。あの日、先代が病院に運ばれて屋敷がもぬけの殻だったとき、おまえはなぜ組長の書斎にいた？　あそこで何をしていたんだ？」

「さて、なんのことですかね？」

　慶仁は手のひらを机に叩《たた》きつけて怒鳴った。

「しらばっくれるなっ。なぜあそこにいたか、おまえが言えないなら俺が言ってやろうか？　おまえはあの日、先代が倒れて救急車で運ばれていく最中、一人屋敷に残り鍵が開いたままになっていた書斎に入った。そして、先代のパソコンの中から遺言に関するファイルを見つけ出し、そのデータをすべて削除した。違うか？」

「だとしたら？」

　息を荒くしている慶仁に、矢島は自分の無精髭を撫《な》でながら反対に訊いてきた。

「それが事実なら、おまえのやったことは先代の意思に背くことだ。今すぐ除名処分にしてやる。組長が不在の今なら、本家の若頭の平田と俺の署名があればそれは可能だ」

「でしょうね。ただし、本当ならということだ。俺が先代の遺言のデータを消したという証拠は？　よしんばあの部屋に監視カメラがあって、俺がパソコンの前にいて怪しげな操作をしている姿が映っていたとしても、それがデータ削除の確実な証拠にはならないでしょう。どうやって証明してみせるんですか？」

　グッと言葉に詰まった慶仁は矢島を睨みつける。確かに、彼の言うとおりなのだ。あのとき、書斎のドアの前で鉢合《はちあ》わせしたという事実だけしかないのに、彼を犯人と断定することはできない。どれほど黒に近いといっても、それを証明できなければ糾弾のしようがない。

　歯噛みをする慶仁を見て、矢島はゆっくりと椅子から立ち上がる。

「とんだ濡《ぬ》れ衣《ぎぬ》ですよ。先代は倒れる寸前まであの部屋で大間の親父《オヤジ》と話していた。途中、俺も呼ばれて部屋に入ったが、二人が話していたのは関東一円の分家をまとめる組織を作っておいたほうがいいだろうかという話だった。問題が起きたとき本家に直接ガサが入ったり、マスコミに叩かれないようにという大間の親父の考えだったんだが、その話の途中に……」

　矢島はそのときのことを脳裏に浮かべているかのように苦渋に満ちた表情になると、一度言葉を止めて軽く咳《せき》払いをしてから続きを話す。

　突然胸を押さえて倒れた慶次郎を見て、誰もが慌てていたという。救急車を呼びストレッチャーで運び込まれていった慶次郎に付き添ったのは、平田と大間だった。矢島や本家の他の幹部はそれぞれの車に飛び乗って救急車を追ったらしい。

「病院に着いて救急治療が始まり、しばらくして大間の親父が俺に言ったんですよ。本家の書斎に明日にも管轄の警察署に出さなければならない書類があるとね」

　それで、矢島は病院を抜け出し、一人で屋敷に戻りその書類を手にしたところで慶仁に出くわしたのだと言うのだ。

「そんな都合のいい話を信じろとでも?」

「信じてもらわなければ困りますね。それ以外の事実は何もないんだから」

相変わらずふてぶてしい矢島の態度に、慶仁は大きく溜息を漏らす。なぜ、この男はこんなにも恐れを知らない態度でいるのだろう。

慶次郎が亡くなって慶仁が後ろ盾をなくしたからではない。矢島は先代が存命の頃から、慶仁が組長のお気に入りの側近と知っていても、恐れることなく話しかけてきた。しつけのなっていない若造と思う反面、組織の中で慶次郎を除けば、繕わないままの自分で話した唯一の男でもあったのだ。

本当にこの男の仕業ではないのだろうか。今一度冷静になって考えてみる。だが、他に犯人など思い浮かぶわけもなかった。慶次郎が倒れ、救急車を呼んで人々が入り乱れていたことを考えれば、矢島でなくても書斎に入りデータを消すことは可能だ。極端なことをいえば、屋敷で働いている家政婦でもできただろう。

もっとも、家政婦がそれをして何を得るわけでもない。だとしたら、遺書の下書きの存在があると困る者の仕業と考えるのが妥当で、本家にあのときいた者は誰かといえば、大間と矢島だけなのだ。

黙って睨み続けている慶仁に、矢島が小さく肩を竦《すく》めてみせる。

「あの日屋敷にいた者というなら、本家勤めの者がやった可能性もあるんじゃないですか?」

確かに、その可能性についても考えた。だが、あのとき屋敷にいた連中は、全員が救急車を追うようにして車で病院に向かっている。

平田に確認したところ、屋敷に残った者は慶仁に電話で慶次郎危篤の一報をくれた木村《きむら》だけだったが、彼が書斎に入っていないことは長年屋敷に勤めている家政婦の一人が証言してくれている。彼女は木村が慶仁や各分家に連絡を入れて、その後はすぐにタクシーを呼んで病院に向かうのを見送ったというのだ。

やっぱり、矢島以外には考えられない。だが、証拠がないのも事実だ。慶仁は大きな溜息を一つ漏らすと、矢島から視線を逸《そ》らして言った。

「もういい。忙しいところを呼び出して悪かったな」

「疑いは晴れたってことですかね？」

「いいや。だが、おまえの言うとおり、証拠がなければどうすることもできない」

慶仁はそう言うと、片手でドアのほうへと促し話は終わりだと合図した。矢島は椅子から立ち上がると、軽く会釈はしたものの、ドアには向かわず慶仁のほうへと近づいてきた。

「なんだ？　もう用はない。入れ札は明日だ。ぎりぎりまで大間のための票固めで忙しいんだろう。さっさと行けよ」

慶仁が言うのも聞かずすぐ前までくると、両手をデスクについて長身を折り曲げるようにして顔を近づけてくる。

「何をやってる……？」

たずねるよりも早く、矢島の手が自分の頬《ほお》に触れた。ハッとしたようにその手を力いっぱい払いのける。

「なんの真似だっ?」

語気を荒らげて言うと、矢島は不思議そうな顔で慶仁を見つめる。

「あの日、泣いていたよな? 俺の腕の中で、あんたは涙を流していた」

「え……っ」

呟《つぶや》いたものの、もちろんあの日のことは覚えている。確かに、慶仁は彼の腕の中で泣いた。慶次郎を失った悲しみのあまり、一人で立っていることもできず抱き締められた腕に縋《すが》ってしまった。だが、それを認めるわけにはいかなかった。だから、慶仁は声を振り絞って言った。

「それは、間違いだ……」

「なんだって?」

「俺がおまえなんかの前で涙を流しただと? くだらん妄想だ。忘れてしまえ」

慶仁の言葉に矢島が眦《まなじり》を吊《つ》り上げた。その形のいい唇は、今にも「ふざけるなっ」と叫びそうになっていた。それでも慶仁はあくまでも冷静な口調で言う。

「聞こえなかったか? お前が何を見たかなんてどうでもいいんだよ。俺は泣いてなどいないし、ましてやあのときおまえとなど一緒にいなかった。だから、この件については二度と口にするな」

するとと、矢島は乗り出していた上半身をすっと引くと、ズボンのポケットに両手を突っ込みながら慶仁を見下ろす。その表情には薄ら笑いが浮かんでいた。

「そうかい。あくまでもなかったことにしようって魂胆か。だったら、こっちにも考えがある」

「どういう考えか知らんが、この先組がどうなろうと俺はおまえにはかかわり合う気はないからそのつもりでいてくれ。話はそれだけだ」

今度こそ有無を言わせずにドアを指差すと、矢島はゆっくりときびすを返して部屋を出ていった。そして、慶仁は全身の緊張を解いて、大きく吐息を漏らす。

こうなることはわかっていた。ただ、どうしても確認しておきたかっただけだ。でも、もうどうでもいい。矢島がやったとしても、そうでなかったとしても、すべては明日だ。跡目が決まれば、桂の将来も決まる。

慶仁の考えることは、自分の引き際だけだった。組織がうまく次の世代へと滑り出せばそれでいい。もはや自分が桂組にいる意味はない。除籍願いもすでに書き上げてある。頃合を見て、それを二代目となった者に出して承認を得れば、その日から自分は組織とは無縁の人間となる。

慶次郎の個人的な遺書には、彼の資産の半分を慶仁に譲るとあった。その条件として記されていたのは、たった二つ。亡き妻子の供養のため、今後事情の許すかぎり年に一度台湾《たいわん》に行き、彼らの墓参りをしてほしいということ。そして、もう一つは自分の死後、分骨をして一部を浅黄由布子《ゆうこ》の墓に眠らせてほしいとのことだった。

どちらも書き残してもらうまでもない。当然ながらそうしようと思っていたことだった。義母であった由布子は離婚ののち親族とも疎遠になり、彼女の墓を建てたのは慶次郎に資金援助をしてもらった慶仁だ。その彼女の墓に慶次郎の骨の一部を納めることに関しては、特に面倒は起こらないだろう。

また、日本だけでなく台湾にも作った慶次郎の妻子の墓参りには、これまでもずっと同伴してきた。今後は一人で訪ねることになるが、それも言われるまでもなく己に課せられた役目だと思っている。

資産がほしくてすることではない。けれど、こんなふうにしか愛情を残してやれないと書かれていた慶次郎の自筆がひどく悲しくて、慶仁は弁護士の前でも涙をこぼしそうになったのだ。

赤の他人の慶仁をこんなにも信頼し、慈しんでくれた人のため、自分はできるかぎりのことがしたい。家族を捨てて東京《とうきょう》に出て、恋をしたものの初恋の人とは結ばれず、幸せになるために築いた家庭も妻子が無残な形で奪われた。

桂慶次郎にとって残されたのは、彼の手で一から創り上げた桂組以外はもはや何もないのだ。その組の将来を見届けることもまた、自分の大切な役目だと思っている。

大間か関口か辻本か。誰が跡目を取ってもいいが、慶次郎が築いてきた心を忘れないでほしい。それは、組織は互いを守り、与え合う家族だということだ。最後まで家族を持てなかった慶次郎の夢を、私利私欲で汚させるわけにはいかない。

慶仁はその夜、清書した除籍願いに署名と押印した。あとは日付を入れるだけの状態で、これからは肌身離さず持つことになる。これを出すのは明日かもしれない。あるいは少し先になるかもしれない。

今となっては悲しみだけが渦巻く屋敷にいることはこんなにも辛《つら》いけれど、慶次郎の遺言を残しておけなかった失態だけは、己の手で始末していかなければならないと思っていた。

◆◆

入れ札が決行された日、東海三河の辻本は憤懣《ふんまん》やるかたない様子で本家を引き上げていった。結果に納得できなかったのかもしれないが、皆の前で行われた入れ札に不正がなかったかぎり、それを受け入れるしかないのだ。

慶仁が跡目候補から身を引き、三人の分家の組長による入れ札の結果は関東の関口がまずは弾かれ、ほぼ辻本と大間の争いとなった。辻本は地方で分家を構えているものの、シノギで上げる額は常に組織内で一、二を争っている。また、盃を受けたのも候補者三人の中では一番古い。年齢的にも充分に桂を率いる実力がある人間だと思う。

だが、辻本はわずか三票の差で大間に負けた。大間が東京の多くの地域で組織票を固めたことが主な勝因と言えるだろう。なかでも、都内、神奈川《かながわ》で特に信頼の厚い芳川組を味方に引き入れたことが大きい。

盃を受けた時期がほぼ同じという五分の兄弟分の繋《つな》がりは、やはり強固だったということだ。慶次郎としては、慶仁が跡目を拒むなら二代目は芳川をと考えていたくらいの人物だ。だが、芳川は過去に慶次郎に跡目の打診を受けたことがあるにもかかわらず、今回の入れ札には立候補しなかった。

そのことは慶仁も奇妙に思い電話で話したのだが、芳川はあくまでも自分は自分のできる形で桂に尽くしたいと言い、跡目については入れ札の結果に従うと言ったのだ。

幹部会で何度も顔を合わせてきたが、彼は組織の中では最も礼節を重んじるとともに、現実的かつ合理的に物事を判断する人間だった。そんな人間だからこそ、その判断もまた熟考の上だと思うと、彼にそれ以上無理を言うことはできなかった。

そうして、桂組二代目は関東大間組の大間と決定した。戦後最大の闇のカリスマであった桂慶次郎が逝ってから約一ヶ月後のことだった。

元来なら隠退襲名の儀式となるところ、すでに慶次郎が亡くなっているため、本家の大広間を使っての代目継承の儀式のみを執り行うこととなった。五月晴れの一日に全国の幹部が正装で集まり、本家屋敷はこれまでにないほど物々しい雰囲気となった。

表向きは完全な一般企業を装っているものの、内部では今でも厳然と組織のしきたりが残っている。分家のフロント企業化を進めたことにより組織の結束が弱まることを怖れて、むしろ全国の幹部を呼んで行う盃事は、他のどこの組よりも厳密に行われていたかもしれない。

祭壇が用意され、古式にのっとり床の掛け軸の前には酒の他多くの海産物が供物として並べられ、幹部全員が正装でその場に立ち会う。口上を行うのは、本家の平田。慶仁はここでもやはり見届け人としての立場で、席の端に控えていた。

大間は紋付袴《はかま》姿で、付き添いの矢島は黒のスーツに白のネクタイという祭事の正装だった。多くの者が、いつもとは違う矢島のきちんとした身なりに息を呑んでいた。普段の格好はネクタイこそしているもののどこか砕けた着こなしで、年配の者が眉間《みけん》に皺《しわ》を寄せるのを楽しんでいるかのように無駄に洒落ていた。

だが、正装の矢島は年齢よりも落ち着きを感じさせるばかりか、どこか憂いを秘めた表情に独特の男の色気を漂わせていた。そんな彼を見ると、どうしてこの男はこんな世界に入ってきたのだろうと首を傾げたくもなる。

控え室でそんな矢島と顔を合わせた慶仁は、彼を無視してその場から出ていこうとした。だが、矢島はすれ違いざまに耳元で囁《ささや》いてきた。

「あんた、そういう格好していると色気が炸裂《さくれつ》するな」

相変わらず、口の利き方がわかっていない男だった。大間が二代目襲名の儀式を終えれば、実質矢島は組織のＮｏ．２になるとはいえ、その儀式は終わっていない。だから、今はまだ本家の若頭補佐の慶仁のほうが立場は上なのだ。

「今日がどんな日かわかっているなら、少しは控えろ」

冷たい声で言えば、わざとらしく身を縮めてみせる。そんな矢島の態度は控え室の中でひどく目について、年配の幹部が眉を顰《ひそ》めているにもかかわらず、本人はまったく気にしている様子はない。

大間が組織を継ぐことは、入れ札で決めたかぎり不服を申し立てる気はない。が、大間が甘やかして育てている矢島に対しては、言いたいことがないわけでもない。ただ、これ以上はかかわらないと決めた相手だから、自分はさっさと本家から撤退するだけだ。

代目継承の儀式のあと、広間で宴会が開かれている最中、屋敷から身を引くために部屋を片付けているのは自分だけではない。平田たち他、本家勤めだった者たちもいっせいに身の回りの整理を始めている。これまで本家で慶次郎のために尽くしてくれていた連中だけに、この先冷や飯を喰わせる羽目になったことは、本当に申し訳ないと思う。

彼らは本家を出たあと、新宿《しんじゅく》の桂が持つビルの中に新しい分家の一つとして組を構えることになる。基本的には慶仁も、そこに帰属することになるだろう。

大間があまり無体な真似をしなければいい。それは自分に対してではなく、平田らのようにどうしてもこの世界で生きていかなければならない者たちに対してだ。すでに除籍届けも用意した慶仁は、逃げ出そうと思えばそれができる。ただ、慶次郎の思いと、自分を跡目にと推してくれた平田たちの気持ちを考えれば、今はまだそれをするべきではないと思っていた。

そうして、すべてを見届けるつもりでいた慶仁が、本家から完全に引き上げて一週間後のことだった。いきなり大間に呼び出され、正直戸惑いを隠せない思いだった。

だが、今は桂の組長である大間の命令に背くわけにはいかない。慶仁は慶次郎の前に立つときと同じように身を正して、大間の執務室のドアを叩いた。

本家を明け渡してわずか一週間で、そこはすでに慶次郎の匂いも色もなくなり、大間の執務室となっていた。が、慶仁は動揺をみせることはなかった。この屋敷との決別はとっくに慶仁の心の中で終わっている。

「浅黄、このたびは入れ札と襲名の儀式でずいぶんと世話をかけたな」

これまでは慶次郎以外の誰からも「さん」付けで呼ばれたが、当然のことながら今日からは組長となった大間に呼び捨てにされる。覚悟はしていた慶仁は会釈をして顔を上げたが、視線は伏せたままだった。そんな慶仁を見て、大間は小さく笑みを浮かべてみせる。

「そんなに畏《かしこ》まるなよ。ついこの間までは、あんたのほうが俺より上だったんだ。こんなふうに椅子に座ったまま話しかける日がくるなんて思ってもいなかったさ」

そう言いながらも、大間の顔には我が世の春がきたという思いが隠しきれずに浮かび上がっている。桂を手に入れて満足しているのはそれでいい。ただ、この先、組を導く方法と方向を間違わないでくれと願っているが、今の大間にそんな余裕があるだろうか。東海三河の辻本をわずかの差で破っての今の地位だ。まだまだ心地のいい組長の椅子というわけでもあるまい。

ところが、大間が案じているのは辻本の存在ではなかったようだ。

「本家の連中だが、とりあえずは形ばかり新宿の事務所に出てもらうことにした。だが、まさかあんたまでそんな扱いをするわけにはいかないだろう」

その言葉に慶仁が警戒心とともに大間の顔を凝視する。

「わたしだけがここに残るわけにもいきません。そのことは幹部会でも前もって話したとおりです」

跡目候補の推薦を受けても立候補しないことを宣言した慶仁は、同時に代替わりの際には本家から退くことも分家の幹部の前で告げていた。当然、大間もそれを納得してくれているものだと思っていた。

「そっちはよくても、こっちはそれじゃ困るんだよ。これまで本家の中枢にいて、あんたが組を動かしていたといっても過言じゃない。ましてや、投資分室に関しては全員を残してこれまでどおりやってもらうつもりなんだ。つまり、平田らの代わりはいてもあんたの代わりはいないってことだ。ケツを捲《まく》って逃げてもらっちゃ困るんだよ」

逃げるつもりはない。ただ、大間が目障りだろうと思うから目立たない場所へ引き下がろうと思っているだけだ。だが、大間の考えていることはまったく違っていたようだ。

「では、分室の仕事をこの先も続けろということですか?」

「そういうことになるな。それと、立場的にはそうだな……」

「肩書きなら結構です。一構成員ということで、勤めさせていただきます」

「そうはいかんだろう。それじゃ、俺があからさまに先代のお気に入りを冷遇していると思われてしまう」

そう思う人間がいたとしても、代替わりというのはそういうものと誰もが納得するだろう。ましてや、分家では慶仁のことを煙たく思っていた人間も少なくない。いっそ一構成員となれば、いい気味だと思う者のほうが多いはずだ。

「これからの本家は大間の者が取り仕切ることになるしな。どうだろう、あんたには総本部長の補佐ということで働いてもらうってのは」

そう言ったとき、執務室のドアがノックされて、入ってきたのは大間の総本部長であった矢島だった。今は彼も本家総本部長の立場になった。

「彼の補佐をしろと……?」

「俺が組長になって、矢島の負担も増えている。こいつはできる男だが、まだ若い。いろいろと助けてやってくれないか。というのも、上から言ってもなかなか聞かない男でね。あんたなら歳も近いし、こいつの手綱を握っていてくれればと思ってね」

言葉は柔らかい。だが、言っている内容はまったく正反対だとわかっている。要するに、矢島の手助けという名目で、反対に慶仁を見張っておこうという魂胆なのだ。

地方にいる東海三河の辻本の動向よりも、関東にいて平田たちの後押しで慶仁が不穏な動きをしないか、そちらを案じているらしい。跡目を狙う気持ちなど微塵《みじん》もないことは、入れ札の際立候補しなかったことで証明できると思っていた。だが、平田たちが慶仁を持ち上げようとする意思があると知り、かえって大間の警戒心を煽《あお》ってしまったようだ。

本家の投資分室で仕事をするのは構わない。だが、よりにもよって矢島の下につくというのは勘弁してもらいたかった。それを断る何かうまい言い訳はないものかと考えたが、今となっては大間の命令を拒むことなどできやしないのだ。

「矢島。おまえもそれで文句はないだろう？」

大間が矢島に確認する。矢島は小さく肩を竦《すく》めてみせる。

「俺のあずかりってことでいいんですか？」

「ああ、そうだ。これまで本家の流儀でやってきただろうから、おまえが大間のやり方を教えてやれ」

案の定、本音はそこだ。自分の目の届くところで慶仁を牛耳っておこうという考えだった。

大間の言葉に矢島が微《かす》かに笑って頷《うなず》くと、慶仁のほうを見て言った。

「だそうだ。というわけで、不本意かもしれないが今日からあんたは俺の下だ」

それは、飼い犬に誰が主人かを教え込む第一歩のようなものだった。ついこの間まで上だった慶仁は、このときはっきりと自分が矢島には逆らえない立場にいることを知らされたのだった。

大間の命令により、慶仁は本家を去ることはできなかった。本家の投資分室は慶次郎が残した大きな組織への遺産であり、その運営に慶仁が必要というのが表向きの理由だ。確かに、それも理由の一つには違いないだろうが、慶仁には必要もない肩書きが与えられた。「桂組本家総本部長補佐」として、いわば矢島の舎弟のような立場となったわけだ。

矢島という男は、この業界ではかなり型破りだという噂《うわさ》だったが、それは慶仁も何度か身をもって経験している。そもそも、服装や言葉使いからして組織の他の幹部連中とは違いすぎている。

「いい女をひっかけてくるのが仕事みたいなもんだからな。あんまり野暮な格好でいるわけにもいかないだろう」

そう言って自分のマンションの部屋で身支度を整えた矢島は、今最もお気に入りだというアメリカ人デザイナーのスーツに身を包み、髪を手櫛《てぐし》で整えている。

矢島のウォークインクローゼットの中は呆《あき》れるほどのスーツやシャツ、コートに小物、そして靴で溢《あふ》れかえっていた。洒落者ぶっているのでイタリアブランドを愛用しているのかと思っていたが、矢島が言うにはそれはもう少し歳をとってからでいいそうだ。

金にあかして高価なものばかりを身に着けるのではなく、今の自分に似合うものを選ぶ。そういうところは分がわかっているらしいのに、その行動はよく組織で生き延びてきたものだと驚くほどに奔放だった。

「あんたも、俺についてくるならそれなりの格好をしてもらいたいんだがね」

そう言ったかと思うと、矢島は自分のワードローブからジャケットやパンツをコーディネートして出してくる。ベルト類の小物も一緒に新しい靴下まで色を合わせて、まとめて慶仁に投げて寄こした。

「地味なスーツのあんたも悪くないが、それじゃ仕事にならん。さっさと着替えな」

「これを着ろと……？」

ファッション雑誌の表紙でも飾るような格好をさせられるのは本意じゃないし、今のスーツ姿で何が問題なのか慶仁にはわからない。すると、矢島はちょっと小馬鹿にしたように笑ってみせる。

「言っておくがな、こっちもいつまでも甘やかしているつもりはない。まずは命令に従うことから覚えろよ。俺が着替えろと言ってるんだ。自分がどうするべきか、わかっているよな？」

その一言で、慶仁はそれ以上の言葉を控えて、渡された洋服と小物の一式を抱えて隣の部屋に行こうとした。

「ここで着替えな」

人の着替えを見て何が楽しいのか知らないが、それもまた命令なら仕方がない。慶仁はその場で上着を脱ぎ、ネクタイを取り、ボタンを外してシャツを脱ぎ捨てる。そして、渡されたシャーベットピンクのシャツを手にしたところで、また矢島が言う。

「おい、肌着は脱げ。直接シャツを着るんだよ」

夏でも汗がシャツを濡らすのを嫌って慶仁は肌着代わりに白のTシャツを着ていたが、それも脱げと言う。そのとおりにしたら、今度はシャツを着る前にズボンも脱げと言われて、さすがにムッとしてしまう。

「着替え方まで指図される覚えはない」

「おい、口の利き方に気をつけろよ。総本部長と部長補佐、どっちが上だ？」

ここにきて、己に与えられた権限を全面的に押し出してくるつもりらしい。それならそれでもいい。慶仁は開き直ったようにTシャツを脱ぎ、靴下を脱ぎ、ズボンも脱ぎ捨てて、下着一枚の格好で矢島の前に立ってみせた。

矢島はその様子をソファに腰掛けて足を組み、おもしろい見世物を眺めるように見ていたと思うと、小さく笑い声を漏らす。

「思っていたよりいい体だ。わりと着痩《きや》せするタイプか。俺の服だと少し大きいかと思ったが、それなら大丈夫そうだな」

悔しいことに、身に着けた洋服はどれもほぼ慶仁の体に合っていた。わずかにズボンのウエストが緩かったがベルトを締めればまったく借り着とわからないだろう。

服を着替え、靴を履き替えてから鏡で自分の姿を見たときは、正直うんざりした。思ったより派手ではないものの、普段のビジネススーツと違いスタイリッシュなデザインのジャケットにパンツという姿はどうにも気恥ずかしい。それに、こんな格好で自分がどんな仕事をさせられるのかを考えると気が重くなる。

「靴のサイズまで一緒か。ちょうどいい。あんたの辛気臭い格好を全部変えてしまえるな」

冗談じゃないと吐き捨てたかったが、今の自分はそんな立場にはない。言われるまま着替えをすませて、初夏の夕暮れの街に出ていくと、矢島は歩いているだけで人目を引いていた。だが、彼だけじゃない。矢島のすぐ後ろをついて歩く自分も、これまでにない視線を浴びているようで心地が悪かった。

もちろん、それは矢島に言われて身に着けた洋服のせいだとわかっている。こんな格好で街を歩いて何が仕事だと言いたいが、すぐ目の前で起こったことに思わず納得した。

「そうか。お勧め、外資系なんだ？　だったら、ちょっとくらいバイトしても大丈夫じゃないの？　そんなにきれいなのにもったいないな。美貌《びぼう》も才能のうちだから、ちゃんと使って自分の人生を楽しまなきゃ損だろ。これ、俺の名刺。いいよ。無理にじゃないから。でも、気が向いたら電話して。そのときは、必ずちゃんとした店を紹介するから」

そんなことを言いながら、わずかな時間で五人ばかりに声をかけていた。誰もがまんざらでもない顔で名刺を大事そうにバッグに入れていく。その様子を慶仁は少し後ろでポカンと眺めていた。

「おい、おまえも一緒に声をかけるな。狙い目はちょっと気位の高そうな、いい靴を履いた地味目な女だ。化粧は気にするな。下手でもいい。それより肌のきめ細かさだ。そう、あんたのような白くて汚れてない奴がいい」

自分を例えに使われて、慶仁はムッとしたように表情を歪《ゆが》める。

「悪いが、俺にはそんな女を見分けることはできない」

「だろうな。だが、それじゃ仕事にならないんだよ」

「だったら、どうしろと……？」

困惑する慶仁に矢島は笑みを浮かべて言った。

「自分で口説けないなら、せめて俺の援護射撃に努めな。その美貌でにっこり笑っていればいい。それだけで、かなり成功率が上がるからな」

「本気で言っているのか？」

ここは新宿の駅前だ。慶仁にしてみれば、こんな人込みの中で自分が笑みを浮かべることで収益に繋がるというのは、いまいちよくわからない。それは、本家屋敷にいた人間の無知だと言われるのだろうか。戸惑う慶仁を振り返って見て、矢島が言った。

「馬鹿げていると思っているんだろう。だがな、あんたらが知らないところで分家の連中も頑張っていたということだ」

その言葉に、正直己を恥じる思いがあった。本家では、集まった金を投資運用することが主な仕事だった。だが、それらの資金がどうやって集められてきたものか、わかっているようでいて実はわかっていなかったのかもしれない。

「それにしても、本家の総本部長の仕事ではないだろう。こんなことは他の者に……」

「下っ端連中にまかせて、本家の事務所でふんぞり返って指示してろってか？　あいにく、そういうのは性分に合わない。大間の親父にもやりたいようにやれと言われているんでね」

矢島はその夜、十人ほどの女性に声をかけ名刺を渡し、その後以前に名刺を渡した女性からの連絡に一人一人応えていた。深夜まで続いた女性との面談のあと、矢島が向かったのは組の息がかかったクラブで、そこでもホステスの女性たちに必要以上に甘い言葉をかけている。

仕事とはいえ、矢島が女に対してかなりマメな男だということはわかった。それに、女の扱いに慣れていて、相手の気持ちを引き寄せるのも巧みだ。女性たちは誰もが矢島に気があるように見えたが、反対に矢島のほうは誰に対しても平等に優しい。

こうやって声をかけて水商売に引っ張った女はかなりレベルが高く、紹介した店は軒並み大きく売り上げを伸ばしている。また、中にはＡＶ女優に転身して、その業界では有名になっていたりもする。

組は店から女の紹介料とみかじめ料を取り、ＡＶの製作会社からも売り上げの一部を上納させていてかなりの収益になっている。だが、大間が手がけているのはそれだけではない。都内にいくつもの賭場《とば》を持っていて、そこからの収入が大きい。

それらの店に顔を出し、様子を見て回るのも矢島の仕事だった。どの店も表向きはただのクラブだが、その奥では毎晩のように違法な賭博が行われている。慶次郎が最初に組を立ち上げたのも賭場の権利を手に入れたからだった。そういう点で、大間組は桂組の元来の形を残しているといえる。

それにしても、組織のＮｏ．２が己の足でこれだけ現場を見て、仕事をしているというのは感心するが、これで周囲に示しがつくんだろうかと心配にもなる。大間組の縛りの緩さは噂に聞いていたが、こういう組織運営がこの先の桂組にどう影響を及ぼすのか、その点についても慶仁は少しばかり案じていた。

夜中街を歩き回った矢島は、最後に馴染《なじ》みのクラブに顔を出し、そこの売れっ子ホステスを三人連れ出して自分のマンションの部屋に連れ込んでいた。こういうことはよくあるようで、女たちも慣れた様子でマンションのキッチンでシャンパンを抜いたり、グラスを用意したりしている。

これだけ女手があれば、慶仁が手伝うこともないだろう。それに、こういう賑《にぎ》やかな場は苦手だ。

「では、他の仕事がないようでしたら、今夜はこれで失礼します」

そう言って、部屋を出ていこうとした。だが、矢島はそんな慶仁を引き止める。

「何言ってんだ。おまえもきて一緒に楽しめよ。これだけの美女が集まってんだぜ。やらないでどうするよ」

ソファの隣に座った女の一人を抱き寄せて言う矢島に、思わず慶仁が眉を顰める。それを見て、矢島はさもおかしそうに口元を歪めて笑う。

「ああ、そうか。先代に可愛がられていたってことは、女は駄目ってことか。新しい舎弟を俺なりに歓迎してやろうと思って女を呼んだが、見当違いだったな」

矢島の言葉を聞いて、女たちがいっせいに慶仁に目を向ける。

「この人、矢島さんの新しい舎弟なの？　組にこんないい男がいるなんて、ちょっと驚きだわね」

「でも、女が駄目ってことは、ホモなんでしょう？　だったら、意味ないじゃない」

女たちまで言いたい放題だが、相手にする気はない。

「歓迎してもらおうとは思っていませんので」

それだけ言って一礼して今度こそ部屋を出ようとしたら、今度は矢島の鋭い声が飛んできた。

「待てよ。誰が帰っていいと言った？」

「まだ何かありますか?」

身勝手はさせないという矢島の態度に、慶仁がきつく睨み返す。舎弟としての心構えが間違っていると言われればそうかもしれないが、慶仁にも捨てきれないプライドがある。

「おい、おまえら今夜は帰れ」

矢島がいきなり三人の女たちに言った。もちろん、口を尖《とが》らせて文句を言うが、矢島はそんな彼女たちの尻を叩き、一人は抱き寄せて唇を寄せて形ばかりその機嫌を宥《なだ》める素振りをみせる。

「遊びはまた今度だ。このクソ生意気な舎弟をしつけなけりゃならないんでな」

このとき、慶仁の中でわずかに後悔が込み上げてきた。矢島を怒らせたことなどどうでもいい。ただし、この男と仕事以外で一対一になるのは避けたかった。矢島の前では一度醜態を晒《さら》している。自分が上の立場のときには、「忘れてしまえ」と命令できたが、今の自分ではそれはできない。

探られたくないことがある身ならば、たとえ気乗りはしなくても調子を合わせて酒くらい飲んでおけばよかったかもしれない。

「こっちへこいよ」

女たちが文句を言いながらも帰っていくと、矢島は慶仁を自分のそばへと呼びつけた。慶仁は唇を噛み締めながら言われたとおりにする。

「なぁ、訊くが、本家の総本部長とその補佐、どっちが上だ?」

「総本部長です」

「だよな。だったら、もう一つ訊くが、上の者の命令に下の者はどうすんだ?」

「従うだけです」

「わかってんなら、そうしろよ」

「申し訳ありません……」

　組織の中にいて、特にこの数年は人に頭を下げるということがなかった。だからといって、自分が慶次郎の立場を笠にきて驕《おご》った振る舞いをした覚えはない。必要な指示を端的に伝える際に、親しみがなかったかもしれないが、どんなに陰口を叩かれても理不尽な真似で仕返ししたことなどなかった。

　だが、上に立つ者が皆そういうわけでもない。大間には大間のやり方があるだろうし、矢島にも矢島の考えがあって当然だ。

　何があっても逆らうなというのなら、それに従うしかないだろう。突然の死で無念だっただろう慶次郎のことを思えば、せめて桂の行く末が安泰であると見届けるまで、自分は歯を喰い縛ってでも耐えなければならないのだ。

　素直に頭を下げた慶仁を見て、矢島はグラスのシャンパンを飲み干すとゆっくりソファから立ち上がる。

「せっかく、久しぶりにやりまくってすっきりしようと思ったが、おまえのせいでとんだ興醒《きょうざ》めだ」

「もう一度彼女たちを呼び戻しましょうか?」

矢島に連絡先さえ教えてもらえば、自分がタクシーを使ってでも一人一人迎えにいけばいいと思っていた。だが、もはやそんな気も失せたとばかりにジャケットを脱いでソファに投げ捨てる。

「もう、いい。それより、おまえが相手をしろよ」

「え……っ?」

一瞬、何を言われているのかわからず、慶仁は怪訝《けげん》な表情で矢島を見つめる。酒の相手をしろということだろうか。だが、すぐにそうじゃないとわかった。

ネクタイを緩めてシャツのボタンを外しながらすぐそばまできた矢島は、片方の手で慶仁の二の腕をつかんだ。咄嗟《とっさ》のことにその手を振り払おうとしたが、矢島の力は強かった。

「さっき自分で言ったことを、もう忘れたのか? 上の者には従うんじゃなかったのか?」

「じょ、冗談は……」

「冗談じゃない。自分がしくじったんだ。自分で尻拭《ぬぐ》いをしな」

矢島の目が本気だと告げていて、慶仁は思わずきびすを返してその場から逃げ出そうとした。だが、今度は乱暴に肩をつかまれて、そのままソファに突き飛ばされてしまう。

「先代の相手をしていたんじゃないのか？　だったら、男に抱かれるくらいいまさらだろう」

慶仁は矢島を睨みつけたまま首を横に振った。どうやら、まだ慶次郎との関係を誤解しているようだが、きっと本当のことを言っても信じてもらえないだろう。

「前に言ったよな。そっちがどうしても俺を拒むなら、俺は俺のやり方でやらせてもらうとな」

「これが、おまえのやり方か？」

「口の利き方に気をつけな。兄貴分に敬語も使えないとは、まったくしつけがなってないな」

以前に自分が言ったことをそっくりそのまま矢島に返されて、慶仁は黙り込むしかなかった。

矢島はうっすらと笑みを浮かべ、ソファに座り込んだまま立ち上がれずにいる慶仁の前にくると、自分のズボンの前を躊躇《ちゅうちょ》なく開いた。

「銜《くわ》えて、勃たせな」

すでにわずかだが硬くなっていたそれが、慶仁の目の前に突き出される。思わず顔を背けようとしたら、髪をつかんで顔を股間へと引き寄せられた。雄の匂いに背筋がゾクッと震える。本当に、こんな真似はしたことがないのだ。いくら強いられても、どうしたらいいのかわからない。

「お、お願いだ。本当にできないんだ……」

「できなくてもやるんだよ。命令には従え。それが組織の掟《おきて》だ」

その一言で、きつく目を閉じる。矢島の言うとおりだ。どれだけフロント企業化を進めていても、しょせんヤクザはヤクザなのだ。そして、そこにある絶対の掟は、上に対する服従だ。慶仁は覚悟を決めてゴクリと口腔の唾液《だえき》を飲み下すと、口を開いてそれを銜える。生々しく温い感触だった。

「舌も使え。しっかり勃たせろよ」

言われるままに懸命に唇を窄《すぼ》めながら舌を使った。そうしているうちに、すぐさま矢島のものが大きさと硬さを増していき、慶仁の口がいっぱいになる。その状態で髪をつかんだまま喉の奥まで押し込まれると、たまらず口を閉じようとして矢島自身に歯を立ててしまった。まずいと思った瞬間、髪を引っ張って口からそれが引き抜かれる。

「かはっ、ぐぅ……っ」

たまらず苦しさに口を押さえ込むが、矢島は自分の股間の痛みに激昂したように慶仁の顔を持ち上げて頬を平手で二度、三度と打った。

「ふざけんなよ。下手なふりであわよくば逃げようって魂胆か？」

そうじゃないと言いたかったが、声にはならなかった。そして、言い訳さえもできずにいる慶仁の胸ぐらをつかむと、そのままソファに押し倒す。

「や、やめてくれ……っ、頼むっ」

悲愴な声でそう言った。

「懇願してどうにかなるとでも思っているなら、そうじゃないと思い知るんだな。俺はそれほど甘かないぜ」

「駄目なんだ。無理だから……」

「うるさい。黙って後ろを向いて腰を上げな」

それだけは何があっても勘弁してほしい。泣きそうな気持ちで慶仁は自分の両手で顔を覆い言った。

「く、口でする。今度は失敗しない。ちゃんとするから、それだけは……」

情けない哀願をしている自分に反吐《へど》が出そうだった。それでも、絶対にそれには耐えられない。きっと自分自身が崩壊してしまう。だが、矢島はどこまでも容赦を知らなかった。

「脱げよ」

どうしてもわかってもらえない。そう思ったとき、慶仁は本気でこの場から逃げ出すことしか考えられなくなった。なりふりなど構っていられない。後先のことも考えられない。混乱の中で必死になってソファの上で起き上がろうとしたところ、矢島はすかさず膝《ひざ》で慶仁の背を踏みつけてきた。

「あう……っ」

「そうかい。どうしても逆らおうっていうならそれでもいいさ」

そう言ったかと思うと、矢島は慶仁をソファの上で押さえつけたまま、自分のネクタイを首から引き抜いた。いやな予感に身を捩るが、さほど体格が変わらないにもかかわらず、慶仁は矢島の力にはどうしても敵わなかった。

背中に回された両手首が一つに縛られて、動きが制限されてしまう。その状態で体を返されて仰向けになると、舌嘗めずりをした矢島の顔がすぐそばにあった。

「観念しな。先代は死んだんだ。もう抱いてくれないぜ。だから、忘れちまえばいいんだよ」

「違うっ、違うっ、違う……」

慶仁が唸《うな》るように何度も言うと、矢島がムッとしたように「黙れっ」と怒鳴った。そして、慶仁のジャケットとシャツの前を乱暴に開き、ネクタイも抜き取って胸をあらわにした。それだけでなく、膝で腿《もも》を踏みつけて押さえたままズボンの前も開いてしまう。

「やめてくれ……っ」

涙声になっていたが、そんなものは微塵も矢島の同情を引きはしなかった。ズボンと下着が一緒に下ろされて、股間があらわになる。そればかりか、腿の裏を持ち上げるようにして、後ろまでが矢島の視線に晒された。

その瞬間、慶仁はこれまでに味わったことのない、とてつもない羞恥《しゅうち》と絶望に包まれた。幼少の頃、台湾で泥水を啜《すす》るような生活をしていたけれど、あのときでさえこれほどの惨めさは感じなかった。異国の地で懸命に生きてきたあげくに、よもやこんな目に遭うなどとは思ってもいなくて、思わず心の中で大切な人を呼んでいた。

（お義母《かあ》さん、お義父《とう》さん……）

彼らだけがこの日本で慶仁の本当の味方だった。けれど、けっして声に出しては呼べない。こんな絶望を義父である慶次郎が亡くなった日にも味わった。あのとき、誰か助けてほしいと泣き崩れた自分を抱き締めてくれたのはこの男ではなかったのか。

『心配するなよ。俺がいるから。ずっとあんたと一緒にいるよ。あんたを苦しめるものから守ってやるから』

そう言ったはずなのに、たった今慶仁を苦しめているのはその矢島本人だった。目を血走らせ、荒い息を吐きながら自分のいきりたったものを慶仁の後ろの窄まりに押し当ててくる。絶対に無理だと思った。体に力がこもり、歯を喰い縛った。だが、何をしても無駄だと知ったのは、わずか数秒後のことだ。

「ひぃーっ、ああっ、あ……っ、ああーっ」

身動きのできない状態で、慶仁は懸命に声を上げて顔を左右に振った。その痛みはこれまでまったく知らなかったものだった。

心の痛みなら何度も味わってきた。何度も苦い涙を飲み込んできた。だが、思い返してみれば、肉体の痛みを自分は知らずに生きてきた。そして、その痛みはささやかなプライドなど砕け散るほどの衝撃だった。

体の中を無理矢理抉《えぐ》られているこの瞬間、慶仁の体は瀕死の小動物のように激しく痙攣《けいれん》を繰り返し、頬は知らぬ間に溢れてきた涙で濡れきっていた。

「い、痛い……っ。痛いっ、いやだ。抜いてくれ……ぇ」

掠《かす》れた声でそう漏らした。すると、矢島の動きがピタリと止まる。

「おい、なんだよ……。まさか、違うよな？」

ひどく困惑した声で何か言っているが、慶仁にはその言葉を問いただす余裕などもちろんない。ひたすら荒い息の中で「やめてくれ、抜いてくれ」と馬鹿みたいに繰り返すことしかできない。

矢島は慶仁の体から自分自身をそっと引き抜いた。激しい痛みが去っても、まだそこには鈍痛が残る。極度の緊張から一度解放されたが、ぐったりとした体はソファの上でピクリとも動かない。ただ、小さな呻《うめ》き声とともに深く大きな呼吸を漏らしただけだった。

「あんた、抱かれてたんじゃないのか？」

矢島が訊いた。慶仁は涙でドロドロに汚れた顔を横に振る。

桂慶次郎は日本の「父」だった。だが、その真実を誰にも言わずに生きてきた。そのせいでいろんな誤解をされたし、陰口も叩かれてきた。それでも、口を閉ざしてきたのはそうせざるを得ない理由があったから。そして、他の誰かに慶次郎との絆《きずな》について、理解してもらおうなどとは思っていなかったからだ。

「だから、言ったはずだ。先代とはそんな関係じゃない……」

ついさっきまでの傲慢《ごうまん》な態度が嘘《うそ》のように、すっかり戸惑っている矢島は慶仁を見下ろして言葉を失っていた。そんな彼にネクタイを解いてほしいと体を捻って訴えた。

「俺をそっとしておいてくれ。組のことさえ見届けたら、すぐにでも消えるつもりだ。だから……」

これ以上苦しめないでくれと言いたかった。だが、そう言おうとした慶仁を抱き締めて、矢島はその体を揺さぶるように言った。

「消えるってなんだよ。勝手なことを言うなっ。そんなこと、俺は認めないからな」

「もう何もしたくない。俺は、何もほしくないんだ……」

あんな形で突然に慶次郎を失い、今の慶仁の心は抜け殻だった。

「それは、跡目もってことか？」

「跡目なんか、最初から狙っていない。先代も俺に譲る気などなかったし、大間の襲名に異存などない。何度もそう言っているのに、信じないのはおまえらだけだ」

慶仁が苛立《いらだ》ちまぎれにそう吐き捨てると、もう一度手首のネクタイを解いてくれと合図をしてみせる。一度はそこに手を伸ばしたものの、矢島はまた慶仁の濡れた頬に触れながら確認するように訊く。

「なぁ、先代とは本当になんでもなかったのか？」

「しつこいな。やってみて、わかったんじゃないのか？」

醜態を晒したことに、慶仁がどれほどの屈辱を味わっているのか、この男にはまったく理解できないとでもいうのだろうか。すると、なぜか矢島のほうがせつなそうな顔になって、小さな声でたずねてきた。

「でも、好きだったんだろ、先代のことが。違うのか？」

「あの人は俺にとってはかけがえのない人だった。あの人のためならどんなことでもすると決めてこの世界に入った。俺はそういう男だ」

慶仁は自分という人間を端的にそう言った。

「でも、先代はもういないぜ……」

その言葉が慶仁の心を抉る。そのとおりだった。慶次郎のいないこの世を、自分はいったいどうやって生きていけばいいのだろう。自分が組織の運営に尽くしてきたのは事実だが、それもすべては慶次郎という大きな動かざる存在があってのことだった。

「そんなこと、知っている。だから、もうこれ以上俺を苦しめないでくれ。一人でいることの辛さなど、誰にわかってもらおうと思っていないっ」

慶仁は振り絞るような声でそれだけ言うと、矢島が戸惑いながらも解いてくれた手首のネクタイを床に投げ捨て、ソファから立ち上がる。そして、乱れた洋服をいい加減に整えただけで、そのまま振り返ることもなく、夜明けが近い街へと飛び出していった。

◆◆

「かけがえのない人ねぇ。言われてみたいもんだな、あんたみたいな男からそんな台詞《せりふ》を」

彼の部屋から逃げ出した翌日、本家屋敷で顔を合わせるなり嫌味を言われた。できることなら、分室にこもったままで矢島《やじま》の顔など見たくもなかったが、呼び出されれば仕事を中断してでも行かざるを得ない。

矢島は本家の一階の奥に自分の部屋を構えるようになった。慶仁《よしひと》も以前は本家内に部屋を持っていた。慶仁の場合慶次郎《けいじろう》の秘書的な仕事が多かったので、執務室のすぐ隣の部屋を使わせてもらっていた。だが、矢島は外回りの仕事が中心なので、事務室の隣の手狭で質素な部屋を自ら選んでいた。

「今夜も外回りですか？」

慶仁は昨夜の醜態を自分の脳裏から追い出し、できるだけ心を落ち着けながらそうたずねた。仕事以外のことは矢島と話したくない。ところが、矢島のほうは仕事の話など二の次らしい。

「先代に抱かれてもいなかったくせに、心はあずけたままか？」

「夕刻からの外回りなら、必要があればお供させていただきますが……」

「あんたはずっとそれでいいのかよ?」

「午後は分室のほうで月末の集計の仕事がありますので、仕事に戻ってよろしいですか?」

矢島の部屋はデスクすらない。何もいらないと本人がよけいなものを放り出したと聞いている。なので、書棚の他にはソファが二つとスツールが一つあるだけだ。そんな部屋の中で、矢島は窓際に立ち中庭を見ているし、慶仁はドアのそばに立ち視線を自分の足元に向けたままだ。

互いを見ることもせず会話も嚙《か》み合わず、それなのに慶仁はきびすを返して部屋を出ていくことができない。それがわかっているから矢島も声を荒らげることもなく、余裕のある態度でいるのだと思っていた。だが、中庭からこちらに視線を向けた矢島は、何か思いつめたような表情に見えた。

「だったら、体だけでもいいから寄こしな」

「え……っ?」

その言葉が矢島との歪《ゆが》んだ関係の、本当の意味での始まりだったのかもしれない。

それからというもの、矢島は慶仁に外回りの供をさせたあと、必ずといっていいほど自分の部屋に連れ込むようになった。もちろん、酒の相手や身の回りの世話をさせるためじゃない。欲望の捌《は》け口として慶仁を使うためだった。

「知らないことなら覚えろ。無理だと思っても慣れろ」

そう言われて、ベッドの中で男に体を開くことを一から叩《たた》き込まれた。

惨めな思いはしたものの、慶仁が男に抱かれたことがないとわかれば、先代を引き合いに出して馬鹿げた真似をすることもないだろう。そう踏んでいたのだが、その思惑は外れてしまった。

今や矢島の興味は、完全に他のところへと移っている。女は抱き飽きていただけなのか、あるいは大間《おおま》の襲名を境に自分の舎弟となった慶仁をいいように扱うのが楽しいだけなのか、その真意はわからない。

最初のうちは羞恥《しゅうち》と苦しさから激しく抵抗もしたが、立場の違いを持ち出されて耐え難い屈辱に歯を喰い縛り、されるがままになるしかなかった。また、矢島は男同士のことなど知らなかった慶仁の体に、快感を教え込むことに楽しみを見出したようにも見えた。

慶仁にとっては迷惑極まりない話だが、彼にとっては目新しい遊びであり、桂《かつら》本家の幹部となって得た都合のいい気晴らしだったのかもしれない。

逆らいながらも、やがては屈服する慶仁に矢島は淫《みだ》らな行為を一つ一つ覚えさせていく。誰にも見られたことのない場所が矢島の視線に晒《さら》され、誰にも触れられたことのない場所が彼の指や舌で開かれる。それればかりか、体の奥深くまで矢島自身が入ってきて、慶仁の体と心を粉々に打ち砕いていく。

羞恥の上に羞恥が塗り重ねられていき、毎晩のように強いられる行為に慶仁の心は凍りつき、麻痺《まひ》していった。そして、馬鹿げていると本気で吐き捨てたくなるような日々は今も続いている。

　あれほど絶望的な痛みにひどく怯《おび》えていた自分が、近頃では矢島の手で簡単に果ててしまう。己の体の節操のなさに泣きたい気持ちになりながら、今夜もソファに座り大きく足を開いて前をくつろげた矢島のものを、懸命に口で愛撫《あいぶ》していた。

「まったく、いつまで経っても慣れないな。俺がスカウトしてきた女子大生だって、一回教えりゃもっとうまくやるぜ」

　股間に顔を埋めて口での奉仕を続ける慶仁に、矢島が呆《あき》れたように言う。ずいぶんな言われ方にせめて睨《にら》んでやりたいが、そんなことをしてもさらに嫌味を言われるだけだ。

　床に膝《ひざ》をついて両手で男のものを持ち、唇と舌で愛撫をしている現実だけでも充分絶望的なのに、もちろんこれだけですむわけではないこともわかっている。すでにその下準備も矢島は怠ってはいない。

「おい、後ろの具合はどうだ？　だいぶ緩んできたか？」

　矢島自身を愛撫するのに懸命になっている振りをして答えずにいると、股間を足の裏で踏みつけられる。ズボンの上からでも足の指先が器用に嬲《なぶ》るので、慶仁はたまらず呻《うめ》き声を漏らす。と同時に、口から矢島自身を取りこぼした。

　それを見てわざと大きな溜息をつくのも、慶仁により惨めさを味わわせるためだ。矢島は勃起した自分のものに手を添えながら、新たな命令をする。

「立って服を脱げ。脱いだらテーブルに手をついて尻をこっちに向けな」

こういう屈辱的な格好はもう何度もさせられてきた。初めて女の代わりをさせられたあの日から、矢島はまるで取りつかれたように慶仁の心と体を痛めつける。

それでも、命令だと言われれば、逆らうことはできないのだ。慶仁は洋服を脱ぎ裸になって矢島の前に立つと、今一度こんな真似をする理由をたずねてみる。

「どうしてなんだ？　こんな真似をして何がおもしろい？」

「素っ裸で質問か？　答えを聞いたら満足すんのか？」

やっぱり、矢島は理由さえ教えてくれない。でも、このままではこの状況から抜け出す方法を模索することさえできないのだ。

「ほら、さっさと尻を上げろ。中のものを取ってほしくないのか？」

「へ、変態め……っ」

苛立《いらだ》ちと悔しさのあまり、小さく吐き捨てるように言うと、矢島は笑ってもうしばらくそのままでいろと慶仁の体を床に突き飛ばした。その拍子に床に尻をついてしまい、無駄な刺激を感じて慶仁は掠《かす》れた悲鳴を上げながら身を震わせた。

矢島は口での奉仕をさせる前に、一度慶仁の下着を下ろさせて、後ろの窄《すぼ》まりに張り形を押し込んでいた。それが体の奥に収まっている状態はひどく不快なのに、心とは裏腹に体は反応しているのだ。

「おい、見てみろよ。前がえらいことになってるぜ。俺が変態なら、その変態に嬲られていっちまうのはどこの誰だよ」

「そんなもの……」

「慣らされただけだってか？　それとも、ただの生理現象って言いたいのかよ？　だがな、あんたの上の口は使えないが、こんな状況でも硬くしている下のほうはもの覚えがいいみたいだぞ。先代には抱かれていなかったようだが、案外好き者だったたって証拠じゃないか？」

何を言われても言い返せる立場ではない。けれど、こんな嘲笑《ちょうしょう》の言葉をこの男から受けることになるとは、ほんの数ヶ月前までは思ってもいなかった。

「さぁ、どうするんだ？　そのまま張り形を銜《くわ》え込んだままでいるか？　それとも命令に従うのか、自分でさっさと決めな」

慶仁は惨めさを噛み締めて矢島に背を向けると、そこでテーブルに手をついた。後ろの窄まりを晒せば、小さな笑い声とともにようやくそこに埋められていたものが引き抜かれる。音こそしなくても、ズルッという塊が抜け落ちていく感覚に思わず膝が折れた。

「だらしがないな。だが、後ろはいい感じに緩んできているぜ」

そう言ったかと思うと、矢島は慶仁の体をソファの上に引き上げてうつ伏せに押し倒す。また、その瞬間がくる。そう思って、慶仁が息をつめた。すると、矢島はわざとそのタイミングをずらして、窄まりの周囲を指先で撫《な》でて笑う。

「最初に突っ込んだときはあまりのきつさに驚いたが、今じゃ物欲しそうにピクピクしてるな」

そんな言葉など聞きたくもない。だが、矢島は慶仁の嫌がることを片っ端からやって楽しんでいるのだ。そして、慶仁が緊張で強張《こわば》る体をわずかに弛緩《しかん》させた瞬間だった。まるでそのときを狙《ねら》っていたように自分の硬く熱いものを埋め込んでくる。

「ああ……っ。いっ、いやだ……っ」

言葉で拒否しても、体はもう逃げる術《すべ》も持たない。そもそも、そんな気力など慶仁には残されてはいないのだ。されるがままに、夜毎矢島に翻弄《ほんろう》される。回数を重ねるごとに自分の体は抵抗を忘れて、淫らな声を上げて身を捩る。

これが快感なのかどうなのか、慶仁は今でもわからない。だから、またうわ言のように呟《つぶや》く。

「どうしてなんだ……？」

どうせ答えなど戻ってこないと思っていたが、矢島が押し込んだもので自分の心地のいい場所を探しながら言う。

「そんなに知りたけりゃ、理由の一つを教えてやろうか？　ほんの数ヶ月前までは、分家の誰も逆らえなかった美貌《びぼう》の若頭補佐を今はねじ伏せることができる。組長から直接与えられた俺の権利だ。それを楽しまないでどうするよ？」

「それが本当なら、おまえも権力に驕《おご》るだけの案外つまらない男だな」

せめて嫌味の一言でもと思ったが、その仕返しはもちろん体に戻ってくる。矢島の手が慶仁の股間を加減なく握り締めてきた。

「ああ……っ、くぅ……っ」

たまらず声を漏らして身を仰《の》け反《ぞ》らせたが、減らず口の代償はそれだけではすまなかった。

「どれだけ緩んでるか教えてやろうか。ほら、わかるか？　俺のもんを呑み込んでいるだけじゃない。こうやって指も入っていくぞ」

そう言うと、矢島は慶仁のすでにいっぱいになっている窄まりに自分の指を突き立ててくる。

「ひぃ……っ。いっ、ああ……っ」

思わず掠れた悲鳴を漏らしてしまう。だが、矢島は構うことなくさらに快感を貪《むさぼ》るために、自分自身の抜き差しを始める。

その激しさにソファの座面に指を立てて、慶仁は必死で声を殺そうとしていた。乱れた姿を晒したうえ、淫らな声など聞かれたくはない。だが、そんなささやかな抵抗も矢島は許してくれないのだ。

「声を出せよ。それとも、もっときつくしてやろうか？　そうしたら、泣くのかよ？　あのときみたいに」

その言葉にハッとして、慶仁は顔だけで振り返ろうとした。

「な、何を……」

「あんた、あのとき泣いただろう。俺の腕の中にいて、泣いていただろうが？」

また慶次郎が亡くなった日のことを持ち出されて、慶仁はきつい視線で矢島を睨みつけた。あの日のことは二度と口にするなと言ってあったのに、どうしてこの男は忘れてくれないのだろう。

慶仁はさらにきつく唇を結んで、けっして一言も声を漏らすものかと耐える。

「強情な奴だな。あんたがそんなんだから、俺は……」

俺はなんだというのだろう。矢島のことなんて知らない。こんな奴などどうでもいい。それが、慶仁の本音だ。そして、ソファに立てていた指を拳《こぶし》に変え、ひたすら息を詰めてこのときが終わるのを待ち続ける。慶仁が頑なになればなるほど矢島は激しく無体にこの体を抱く。

せめて指を抜いてくれと懇願したい。けれど、涙をこぼしながらも慶仁はその言葉を呑みこんだ。それを口にしたら、今度こそ惨めさと屈辱で心が立ち直れなくなりそうだったから。

「ぐぅ……っ、ううっ、んんっ」

「苦しいか？　なぁ、苦しいのか？」

訊かれても答える気などない。でも、本当は答える余裕もなくて、慶仁は歯を喰い縛り続けている。

言うとおりにならないこんな体を抱いて何が楽しいのかわからないが、ここまでくると互いに意地を張り合っているだけだった。

たった一つ幸いなことは、ここまで乱暴に抉られるとさすがに快感などは吹き飛んでしまい、張り形で硬くなっていた股間はじょじょに力を失っていたことだ。

それを見た矢島は小さく舌打ちをして、己自身と指を一緒に引き抜いた。こんな抱き方をして慶仁を痛めつけても虚《むな》しいだけだと気づいてくれればいい。なのに、慶仁の体を引き起こすと、そのまま二の腕と髪をつかんだ状態で、寝室まで引っ張っていく。

「絶対に泣かせてやるからな。あんたに全部認めさせてやる」

そう言ったとおり、その夜の矢島はこれまでになく容赦がなかった。ベッドに叩きつけられた体は最後には悲鳴を上げるほどに嬲られた。矢島の指で無理矢理勃起させられたペニスの根元はきつく紐《ひも》で縛られ、射精ができない状態で全身をじっくりと追い上げられる。

苦しくて激しく身を捩れば、その動きを封じるために左右の手首と両膝をそれぞれ一つに結わえられた。股間を開ききった無防備な格好で、何度も体の中に矢島自身が押し込まれて、腰が砕けそうな痛みになりふりも構わず悲鳴を上げた。

どれほど辛抱しても、プライドをかけて口を閉ざしていても、最後の最後には体が負ける。そして、それとともに心も落ちてしまうのだ。

「痛いっ、本当に苦しいんだ……。た、頼むから、解いてくれ……っ」

ペニスを縛る紐だけでいい。解いてほしいと哀願し、抑えきれずに惨めで哀れな泣き声を上げた。それを聞いた矢島はようやく満足したように、長い吐息を漏らして言う。

「そうだよ。そうやって泣けばいいんだ。あんたは俺の腕の中で泣いていればいい……」

馬鹿馬鹿しい。子どもじゃあるまいし、気に入らない相手が泣いている姿を見て、それで本当に満足なのだろうか。繰り返す暴行の中で、上下関係の忠義を測って何になるんだろう。慶仁には矢島が求めているものがやっぱりわからない。

そして、激しく抱かれて泣きながら、いまさらのようにあの日のことを思い出す。慶次郎が逝って心が崩れ落ちてしまったとき、この体を支えてくれたのはこの男の腕だった。

（心配するなと言ったくせに。ずっと一緒にいて、守ると言ったくせに……）

あの日の言葉を思い出して、思いっきりなじりたい気持ちだった。口からでまかせの慰めにしても、よく言えたものだと思う。そして、現実はこの有様なのだ。

数ヶ月前の本家の中庭で、初めて言葉を交わしたときから少しいやな予感がしていた。だから、かかわり合いたくはなかったのに、近づいてくる矢島から結局逃げ切れなかった。

自分はこの先どうなってしまうんだろう。慶仁は不安とともに、傷ついてボロボロになった体を自分の両手で抱き締めるしかなかった。

慶仁が矢島の下について三ヶ月。組織は大間を組長として、ようやく新しい体制に慣れてきたように見えた。大間という男は分家の一つであったときは、強引で型に納まらない部分が目立つように思っていたが、案外上に立てば大局を見る力もあるようだ。

ただ、やはり慶次郎と違い、すべての分家から尊敬の念を持たれているという存在ではない。万一、内部からの造反を狙う者があるとしたら、まだ新体制が固まっていないこの時期を逃すことはないだろう。また、この機に乗じて桂を叩いてしまおうと企む外部の噂《うわさ》もちらほらと耳に入っていた。

そんな動向もあってか、大間は未だに慶仁のことも警戒しているようだった。本家の投資分室で仕事をしているとき以外に、慶仁が平田《ひらた》たちと連絡を取り合って何か不穏な動きをしていないか常に矢島に見張らせている。

矢島と一緒に行動するのはひどく疲れる。できることなら一日中分室にこもっていたいが、週の半分は午後になるなり携帯電話に呼び出しがかかり、慶仁は分室での仕事にろくに手をつけられないまま矢島のマンションに向かう。彼の身の回りのことを言いつけられることはあまりないが、相変わらず服装には口出しをしてくるし、その後は外回りの供をしなければならない。

本家での幹部会や大間との打ち合わせなどがないときの矢島は、昼間はＡＶの製作会社に顔を出したり、過去に口説き落とした女に会ったりしている。水商売やＡＶの世界に引っ張ってきただけでなく、その後の彼女たちの悩みや相談を聞いてやったりという気配りには感心するが、要は女が好きなんじゃないかと思う。

だったら、慶仁など抱いていないで、女とよろしくやればいいのだ。俳優のような垢抜《あかぬ》けた容貌と、優しい言葉をてらいもなく言える矢島にのぼせ上がっている女は多い。よりどりみどりの状態で不自由などないだろうと一度嫌味混じりに言ったことがあるが、矢島は笑い飛ばしていた。

『一人の女に入れ上げると、他の女が妬《や》いて商売がうまくいかなくなるんだよ』

抜け抜けと言っていたが、それも一理あるのかもしれない。

また、夕方になると、シマにある賭場《とば》の見回りをするのもほぼ日課となっている。賭場の責任者に何か問題はないか聞いて回り、トラブルになった客とは矢島が直接話をつけることもある。話のつけ方はさまざまだが、いわゆる店の裏口に連れていき、ヤクザの手口でカタをつけるということだ。

そういうときの少々手荒い真似は、これまでの慶仁には無縁のものだったので、あらためて桂が反社会的組織なのだと認識させられた。そして、そのたびに自分が桂の何を理解して、慶次郎に仕えていたのだろうといまさらのように考え込んでしまう。

そんな慶仁の胸の内など知る由もない矢島だが、日常の外回りの中で最も神経を尖《とが》らせているのが警察のガサ入れの情報だった。

矢島は街で子飼いの情報屋を何人か持っている。また、警察内部の者とも通じていて、彼らとは定期的に連絡を取り、必要な情報を金や他の権利で買っていた。

本家の総本部長という肩書きがありながらいつまでも現場に出ている矢島だが、これは事務所で報告を待っているだけの退屈な仕事は真っ平だという本人の意思もある。

また、幹部になれば運転手をつけて組の車を自由に使うことができるのだが、矢島はそれすらも自分の思いどおりに動けなくなるという理由で断っている。

『都内なんか、でかい車を乗り回していたらかえって時間かかるだけだ。自分の足で移動するのが一番手っ取り早いし、街で使える情報を拾うのにも都合がいいんでな』

割り切った考え方で、どこまでも奔放にやっているように見える。だが、大間がそれを認めて好きにやらせているのにも理由があった。

まだ歳の若い矢島には肩書きだけは与えているものの、あえて現場での仕事をさせることで他の年配の幹部たちの不満を抑えているのだ。その点については、慶仁が分家の幹部から反感を買っていたことから学んだのかもしれない。確かに、うまいやり方だと思う。そして、矢島があと十年も歳を重ねれば、誰にも文句を言われることのない実力派の組長補佐になるという段取りなのだろう。

慶仁が矢島に連れられ現場に出るようになって夏も盛りを過ぎると、女性は解放的な気持ちからどこか投げやりな気持ちになるらしい。こういう季節は矢島にとっては仕事がしやすいものの、反対に気をつけなければならないこともあるという。

「夏の熱に浮かされたあとの女は、たいていは質が落ちる。慎重に選ばないと、使えない女が増えても困るんでな」

そう言って矢島が声をかける女は美人ばかりではないものの、独特の魅力を漂わせている女が多い。ときには知性であったり、ユニークさであったり、肉体美であったり、あるいは度胸や愛嬌という場合もある。

女性とはあまり縁のない慶仁にとって、ぼんやりと理想を思い浮かべるときにはいつも義母である由布子《ゆうこ》の面影があった。慶次郎が生涯愛した女性ということもある。そして、自分にとっても慈愛に満ちた女性だった。

矢島にとって仕事を忘れてでも自分のものにしたくなるのは、どういうタイプの女だろう。ふとそんなことを思って、すぐに苦笑を漏らす。あの男に決まった女ができれば、自分が解放されるかもしれない。そんなことを考えてみたが、都合のいいことばかり思い描いても虚しいだけだ。

それに、九月に入れば投資分室での仕事が忙しくなる。上半期の決算と中間報告を来月の幹部会で提出しなければならないので、慶仁もここのところ矢島の許可を得て本家屋敷に詰める日が増えていた。

もっとも、それで矢島に抱かれずにすんでいるかといえばそうでもない。深夜までパソコンのモニターで数字を睨んでいたあとに、ようやく自分のマンションに引き上げようとすると矢島から呼び出しがかかる。目的はわかっているから行きたくない。だが、それを拒む権利などないのだ。

その夜も分室を最後に出て鍵をかけると、その足で矢島のマンションに向かう。車で二十分ほどのところにあるマンションは、大間が組長になってから組の資産の一つとして持っているマンションの一室を与えたものだ。

もうこの部屋には何度も通ってきている。そして、何度も苦い思いを噛み締めて部屋を出てきた。今夜も同じことの繰り返しだと思うと、部屋のドアの前ですでに大きな溜息が漏れる。

扉の鍵は開いている。矢島もちょうど外回りから戻ってきたところらしく、スーツのジャケットを脱ぎ、シャツの前を開きながら慶仁の顔を見て言う。

「ちょうどいいところにきたな。風呂に入る。あんたも一緒に入れよ」

また抱かれるにしても、一緒に風呂になど入りたくはない。

「遠慮しておきます」

「いいから、入れ。兄貴分の背中くらい流してもいいだろう。これは命令だ」

その一言で慶仁は逃げ場を失う。いつものことだ。

芸能人や日本に仕事で赴任している外国人が好んで入るマンションは、一つ一つの部屋やキッチンも広く作られているが、バスルームもまたかなり余裕のある造りになっている。

慶仁が服を脱いで入っていくと、矢島はバスタブにお湯を張りながらその中で体を伸ばしている。

「おい、こっちにこい」

「その前にシャワーを……」

「いいから、さっさと入れ」

体を流すこともできず、そのままバスタブに片足を入れたところで、矢島に腕をつかんで引き寄せられる。膝をつく格好で男同士の体が密着して、慶仁は思わず眉間《みけん》に皺《しわ》を寄せる。だが、矢島にはそれすらもおもしろいらしい。

「あんたは女みたいに甘えてもたれてこないからつまらないな」

笑いながら言うと、慶仁の体を起こすようにしてバスタブの反対側に体を押しのける。もちろん、それは慶仁の望むところで、バスタブの中で二人は足を伸ばした状態で向かい合って湯に浸かっていた。腰の上まで湯が溜まったところで矢島がバブルのスイッチを入れる。

ゴボゴボという音と泡立つ湯の中で、慶仁は矢島から視線を逸《そ》らしたまま濡《ぬ》れた手で髪をかき上げる。なんだか今夜はいつも以上に疲れた気分だった。

「俺は……」

慶仁が一言漏らした。矢島はそろそろ胸元までこようとしていた湯を止めてチラッとこちらを見ると、顎《あご》をしゃくってその先を促した。

「正直、もう勘弁してほしい。俺のことが気に入らないのはわかっている。以前に言ったように、いつでも組を抜ける覚悟はある。だから……」

「つまり、俺に抱かれているのが気に入らないってことか?」

慶仁の胸の内などわかっているくせに、矢島がはっきりと問い返してくる。

「あんたさ、俺が以前に似合わないって言ったのを覚えているか? あれは、春先の幹部会のときだったな。分家の幹部連中に陰口を叩かれていながら、身を潜めているあんたを見たときそう思った。なんでヤクザなんかやっているんだろうってな」

「そのとおりだ。俺には似合っていない世界だ。そんなことはとっくにわかっていたんだ。ただ、先代に受けた恩義があったから、がむしゃらにやってきただけだ。でも、本当にもう無理なんだ……」

慶仁は正直に自分の今の思いを訴えたつもりだった。けれど、やっぱりそれも矢島には通じなかったらしい。美貌の眉間に深い縦皺を刻んだかと思うと、なんともやるせない表情で言う。

「なんでだろうなぁ。あんたが先代の話をすると無性に苛つく」

そんなことを言われても、慶次郎と自分は切っても切れない関係だ。ただ、本当の関係を話す気は今もない。そんな慶仁を見て、矢島は腕を引いてまた体を引き寄せる。

「跨《また》がってこいよ。もっと近くにこい。そのきれいな面をじっくり見せてみろ」

そう言うと、矢島は慶仁の顔を両手で挟み込むようにして自分の顔を近づけてくる。強引に跨がされた下半身は矢島のものが自分の股間に当たっている。今夜もまた淫靡《いんび》で無体な時間が過ぎていくのだ。

相変わらずの困惑と諦《あきら》め、痛みに対する怯えとそれを追ってやってくる快感への罪悪感。毎晩のようにそれらがごちゃ混ぜになった思いを味わっている。自分の顔は今、きっと複雑な思いで醜く歪んでいるのだろう。

そんな顔をじっくり見られるのがいやで、慶仁は顔を背けようとした。矢島がそれをさせまいと両手に力をこめると、いきなり唇が重なってきた。

驚いて咄嗟《とっさ》に体を引こうとしたが、反対にもっと強く抱き寄せられる。唇は強引に押し開かれて、矢島の舌が深く差し込まれてきた。

「んんっ、く……っ」

これまでさんざん抱かれてきたものの、キスだけはされたことがなかった。もちろん、唇に触れる程度のことはあったが、口腔をこんなふうに矢島の舌でまさぐられるのは初めての経験だった。

どうして今夜はこんな真似をするのだろう。これまでの遊びに慶仁が慣れてきたのがつまらなくて、何か新しい遊びをやってみたくなったのだろうか。それにしても、キスというのはタチが悪い。

唇が触れ合うのは、体の他のどこが触れ合うよりも羞恥が込み上げてくる。少なくとも、慶仁にとっては性器が触れ合うよりも戸惑いが強かった。それは、セックスは愛がなくてもできるが、キスは相手を思っていなければしないという考えが慶仁にあるからかもしれない。

だが、矢島にはそんなことなどどうでもいいのだろう。擦れ合う股間をより刺激的にするために、唇を合わせて口腔を嘗《な》め回しているだけだ。

「おい、ちゃんと応えろよ。俺を退屈させるな」

「うう……っ、んんっ」

それでも慶仁の舌は矢島のそれから逃げ回る。すると、矢島は苛立ったように慶仁の髪を引っ張って唇を引き剝《は》がし、さっきまで両頰《ほお》を挟んでいた両手を尻に回してくる。そのまま慶仁の腰を持ち上げると、自分のすでに硬くなったものの上に窄まりを落とそうとした。

「そ、それは、無理だ……」

潤滑剤もなく湯だけで体を押し開こうなんて、きつすぎる。それに、矢島はコンドームをつけていない。

「風呂でやる醍醐《だいご》味《み》ってもんだ。中に出してやるから、たっぷり味わいな」

「や、やめてくれっ、そんなのは……」

いやだと言う前に、メリメリと矢島自身が慶仁の中に突き上げてくる。矢島本人もきついのか、顔をしかめているくせに、一向にやめようという気はないのだ。

「あっ、ああ……っ、いっ……ぅ。痛……い。駄目だ……」

顔を懸命に横に振って訴えているうちに、体の一番奥まで届いたのがわかり大きな吐息を漏

らす。いつも以上に苦しくて、いつも以上に熱い。湯の中でのぼせそうになりながら、慶仁は朦朧《もうろう》とする意識の中で矢島の肩にしがみつく。

そんな慶仁の体を抱き締めて、矢島がまた唇を合わせてくる。下手に逆らったからこんな目に遭っていると思うと、今度は意地を張るのも忘れて唇を開き舌を出した。

口腔を貪るように矢島の舌が這《は》う。けっして逃げまいとして、懸命にそれを受けとめる。

「よし、いい子だ。そうやって従順でいろよ」

一度唇を離してそう言うと、矢島は慶仁の体を強く深く抉《えぐ》った。呻き声がもう一度合わせた唇に呑み込まれていく。と同時に、苦痛が一緒にどこかに消化されたかのように、疼《うず》きに変わっていくのを感じていた。そして、気がつけば、自分から矢島の口腔を貪っている。

「あっ、ああ……っ、んぁ……っ」

バスタブの湯の跳ねる音と、唾液《だえき》が絡み合う音。もうどうなってもいい。どうにでもしてくれればいい。いっそこのまま湯の中に沈めて殺してくれればいいのに。

わずかな期間で快楽に慣らされた自分があまりにも惨めすぎて、慶仁はこの世から消えてなくなりたい思いでいっぱいだった。そして、できることならあの世でも慶次郎のそばへと行きたいと願っていた。

だが、そんな慶仁の願いなど知る由のない矢島は思いのままこの体を使い、やがて中に熱を放つ。これまでと違う直接粘膜を打つ感触に、ブルッと体が震える。中に出されたもので慶仁の体が奥からじっとりと濡れていくのがわかった。

「あんたもいったな……」

言われて、うなだれるように自分の股間を見れば、湯がわずかに白く濁っていた。どうして果ててしまうのだろう。憎い男にこんな無体な抱かれ方をしているのに、自分の体はなぜこれほど節操がないのだろう。

情けないうえ、あまりにも惨めすぎて慶仁はまた涙をこぼしていた。慶次郎が亡くなって以来、慌ただしく変化していく日々に追われていて、悲しみに浸ることも忘れていた。けれど、今夜は慶次郎のことを思ってではなく、今の自分自身を哀れんで涙を流している。

「おい、なんで泣く？　きつかったのか？」

そんな決まりきったことを訊《き》いて、なんて答えればこの男は満足なのだろう。思わずそっぽを向いて自分の手の甲で涙を拭《ぬぐ》おうとしたら、その手をつかみ矢島が慶仁の頭を自分の胸に抱き寄せる。

「悪かったよ。あんたを泣かせるつもりはなかった」

本気かどうか知らないが、神妙な声色で言う。だが、謝ってもらわなくてもいい。何もかも、矢島に与えられた正当な権利なのだ。なのに、矢島はまるで女の子を苛《いじ》めたあげく泣かれて困っている小学生のように、慶仁が望んでもいない言い訳をする。

「なんでだろうなぁ。あんたを見ていると、つい辛《つら》くしてしまう……」

「俺が気に入らないことくらいわかっている」

吐き捨てるように言うと、矢島はそうじゃないと首を横に振ってみせる。だが、慶仁にしてみれば矢島の気持ちなどどうでもいい。

「もういいか？　体を洗って出たい」

このままバスタブの中にはいられない事情がある。体の中のものを出してしまわなければならないのだ。慶仁がバスタブから出ようとすると、矢島は一緒に立ち上がってそれを手助けしようとする。それもまた、苛めた子に詫《わ》びるような態度にも見えたが、よけいな世話だった。

「放っておいてくれ。後始末くらい自分でできる」

手を振り払ったら、さっきまで困ったように自分の濡れた髪をかき上げていた矢島の目の色がまた変わる。

「だから、そうやって俺を拒むなよ。俺はあんたを苦しめたいんじゃない。俺は……」

さんざん慶仁を苦しめておいて、いまさら何を言っているのだろう。とにかく、一人にしてくれと睨みつければ、すべては逆効果になってしまう。矢島はまた傲慢《ごうまん》な態度を思い出したように洗い場で慶仁の体を押さえつけてきた。そして、四つに這わせて後ろの窄まりに指を突っ込み、中に出した自分のものをかき出そうとする。

屈辱の上に屈辱が重なっていく。矢島が望んでいることなどわからない。どんなに考えても、慶仁には理解のしようがないのだから仕方がない。

「もう、いやだ……。もう、殺してくれよ。頼むから……」

何が気に入らないのかわからないけれど、どうしても許せないことがあるのなら殺してくれればいい。そうすれば、慶仁はあの世にいる義母と慶次郎に会いにいける。大切な人たちを失った今は、この世に幸せなんて見つけられそうにない。

泣き崩れる慶仁を見て、矢島は無言でバスルームから連れ出し、乱暴に体をタオルで拭う。裸のまま手を引かれて寝室に連れ込まれ、また今夜も逃れられない淫欲の海に突き落とされるのだと思った。だが、矢島は慶仁をベッドに寝かせると、キッチンからペットボトルのミネラルウォーターを持ってくると口移しでそっと飲ませてくれた。

「疲れていたんだろ。眠れよ。好きなだけ眠っていればいい。明日も分室なら、俺から連絡しておいてやる。それに、今夜はもう何もしないから。だから……」

そこまで言うと、矢島は物悲しい視線を閉じて呟いた。

「殺してくれなんて、もう言わないでくれ」

そして、慶仁の額に唇を寄せる。ついさっきまでの強引な口づけとは違う。なぜこの男は自分でしたことに自分で困惑して、こんなふうにちぐはぐな態度を慶仁にしてみせるのだろう。

「俺には、おまえがわからない……」

目を閉じる前にそう呟いた。本当に、矢島の目的も胸の内も、何一つ慶仁にはわからないのだ。そんな言葉を聞いて、矢島が小さく溜息を漏らしたのが聞こえた。

「だろうな。実は、俺自身もよくわからないんだ。ただ、俺はあんたのことが……」

慶仁の前髪を撫で上げながら、矢島が何か言っていたように思う。けれど、朝から分室に詰めていたあげくの無体な性交ですっかり疲れ果てた体は、まるで機械のスイッチを切ったように眠りに落ちてしまった。

暗闇はいい。人は嫌うのかもしれないが、慶仁にはとても落ち着く。いっそこのままずっと暗闇の中にいたい。二度と目を開けたくはない。目を開いた世界には苦しみと悲しみしかない。あげくに、この体は淫欲の泥沼に引きずり落とされて、ひどく惨めな思いを味わうだけだ。

（お義父《とう》さん、あなたがいてくれたら……）

夢の中でさえ、手を伸ばしてそう願う。慶仁の心は、慶次郎を失った闇から未だに一歩たりとも出ていけそうになかった。

◆◆

いつまでも眠っていればいいと誰かが言っていた。けれど、そんなことができるわけもない。中間決算の資料作りがまだ終わっていない。

目を覚ました慶仁は、自分が矢島のベッドで眠っていることに気づきぎょっとした。が、ベッドから出て脱ぎ捨てた洋服をかき集め、身支度をするためにリビングに行ってもっと驚いた。矢島がリビングのソファでブランケットにくるまって眠っていたのだ。

慶仁がゆっくり眠れるようにベッドを明け渡してくれたということだろうか。この男にこういう気遣いをされると、かえって心地が悪い。

慶仁が洋服を身に着けて部屋を飛び出したのは、明け方の六時過ぎだった。この時間なら、一度自分のマンションに戻ってシャワーと着替えをすませて、本家に行けばいつもどおりの出勤時間に間に合うだろう。

何時に眠ったのかはよく覚えていないが、おそらく二時を過ぎていたと思う。寝不足気味の頭を抱えながらも、慶仁は身支度を整えるとすぐに本家の分室に出向いた。

分室の連中は以前とまったく入れ替わりがない。ただ、大間組から入った者が二名いるが、彼らは監視役というだけで、実質ここを動かしているのは慶仁の他七名の元本家の舎弟だった。

「不動産関係の月別の売上高と利益率の資料を出しておいてください。それと、遊興関係は分類が細かいので、早めに仕分けをしておくように。見込み利益はそれとわかるように、グラフで表示して添付する必要があるので、その数字もあらかじめ出しておくように各分家に連絡を願います」

その日の朝、分室のミーティングで慶仁が言うと、ずっとここで勤めてきた連中は阿吽《あうん》の呼吸で作業に取り掛かる。

やっぱり、この部屋にいるのが一番落ち着く。そう思いながら、慶仁は今日も自分のデスクに座り、モニターに並べて表示したいくつものエクセル表を確認する作業から始める。その傍らには、為替レートと株価を表示する専用モニターがあり、必要に応じて担当者と相談して換金や売買の手続きの指示を出す。

海外の口座のどこにどれだけの資金を流すかを決めるのも、今のところその決定権は慶仁が持っている。だが、慶仁が指示を出すまでもなく、長年ここで勤めている連中は手練《てだれ》の金融マンのようにそれらの作業を行ってくれる。それくらいに、この分室には互いの能力を信頼し合ったうえにできた深い繋《つな》がりがあった。

その日の昼前になって、分室の者が交代で昼食を摂りに部屋を出ていく。慶仁はいつも最後に昼食を摂ることにしているので、今しばらくはここでモニターを睨みながら作業を続けているつもりだった。ところが、昼食に出ようとした一人がなぜか慶仁のところにやってくると声をかけてきた。

「浅黄《あさぎ》さん、寝不足ですか？　ここのところ結構根を詰めていたから、体調を崩したんじゃないですか？」

仕事以外のことでこんなふうに声をかけられるのは珍しい。もちろん、体調は問題ないと言ったが、男は信じていない様子だった。

「中間決算前ですし、浅黄さんに倒れられると困るんで、無理はしないでください。それでなくても、以前と違って外回りもしているって聞いてますから……」

体調が万全とは言いがたいが、寝不足くらいで仕事を休むわけにはいかない。外回りの仕事は、確かに以前と違って大きな負担になっているが、それでも分室の仕事で手を抜くわけにいかないことくらいわかっている。

「午後には少し休憩させてもらいますから。どうか、ご心配なく」

そう言って男を一足先に昼食へと促したが、なぜかその場でじっと足を止めたまま慶仁を見ている。

「どうかしましたか？　まだ、何か問題でもありますか？」

慶仁がたずねたが、男は俯《うつむ》いたまま両手を後ろに組んで言う。

「あの、こんなことを言うのもいまさらなんですが……」

そう前置きした男が少しばかり頭を垂れた格好で言葉を続ける。

「浅黄さんにはいろいろと助けてもらって、こんな自分でも生きる道ができたっていうか……。それに、代替わりのときにも分室の存続を嘆願してもらい、人の入れ替えにも反対していただいたとか。わたしら一同、心から感謝しているんです。本当にありがとうございます」

そう言ってあらためて頭を下げた男は、倒産した大手証券会社から桂組に入っており、組織の中でもかなり異色な存在だった。

今から十数年前、後退など知らないと思っていた日本経済が崩壊した日から数ヶ月後、何があっても磐石と思われていた日本屈指の証券会社が破綻《はたん》して、この男はすっかり世をはかなんだ。

そして、自分の第二の人生を探しあぐねていた彼に声をかけたのが桂の人間だった。警戒心と困惑で身を固くしていた彼を面接し、ぜひ桂のために力を貸してほしいと頼んだのは慶次郎本人だった。だから、彼が本来感謝するべきは慶次郎なのだ。

そして、そんな彼には慶仁のほうが感謝している。というのも、慶仁が投資の実践を習ったのは彼からだった。もちろん、大学では経済を学び、誰よりも優秀な成績で卒業はした。けれど、そんなものは、現実の社会に出てみれば、しょせん机上の論理でしかない。

そんな慶仁が三ヶ月の見習い期間を終えて分室に入ると、誰もが当初は胡散臭《うさんくさ》い目で見たものだった。事実、大学を出たばかりの若造と、百戦錬磨の金融マンとでは、大人と子どもくらいの知識や能力の差があった。だが、ここでも慶仁は挫《くじ》けることもなく、ひたすら自分のするべきことを学んでいったのだ。

「お礼を言いたいのはわたしのほうです。大学を出たばかりの、右も左もわからない若造に実践ですべてを叩き込んでくれたのはこの分室の皆さんですから」

もちろん、彼だけじゃない。分室の他の人間も皆一度は人生に躓《つまず》きながら、第二の人生をここでやり直している連中ばかりだった。そんな彼らが慶仁を育ててくれたといっても過言ではない。

「そうだとしても、浅黄さんでなければここまで分室をまとめることはできなかったと思います。金融マンってのは元来独りよがりな人間が多いもんです。そんな連中に頭を下げて、よく勉強されたと思いますよ。そういう真摯《しんし》な態度だったからこそ、今では誰もが浅黄さんを信頼しているんです」

普段から同じ部屋で仕事をしていても、彼の言うように金融マンというのは個人での作業ばかりなので、打ち合わせ以外は黙々と目の前のモニターに向かっていることが多い。

そんな中で、最初のうちは誰からも相手にされなかった慶仁だが、慶次郎のために自分の力をここで発揮しなければならないという一心でがむしゃらに励んできた。だから、彼が言うように頭を下げることくらいなんでもなかったのだ。

本家や分家の人間にはいろいろと噂も立てられ、面倒に思われていることはわかっていた。そして、この分室でも自分はどこか浮いた存在だと思っていたから、こんなふうに声をかけられる日がくるなんて思ってもいなくて、慶仁は何も言えずただ言葉を詰まらせた。

それでも胸にある思いを今伝えておかなければ、来月にはもう自分はここにはいないかもしれないのだ。

「ありがとうございます。この分室は先代が残した大切な財産ですから、皆さんには変わりなく働いていただけるよう、二代目にもお願いをしてあります。だから、どうかこれからも桂組のために力を貸してやってください」

そう言って頭を下げると、男は恐縮したように自分も頭を深々と下げてから昼食を摂りに部屋を出ていった。

たった一人で分室に残った慶仁は、小さな吐息を漏らして部屋の中を見渡した。多分、本家屋敷の中ではこの部屋で費やした時間が一番長いだろう。いずれときがくれば、除籍届けを出して去っていく身だが、誰からの別れの言葉も期待していなかった。

なのに、思いがけない言葉をかけられて、柄にもなく胸が熱くなった。あんなふうに言ってもらったけれど、きっと自分がいなくなっても彼らがいるかぎりこの分室はこれからも柱のためにしっかりと機能していってくれるものと信じている。

慶仁がもう一仕事しているうちに先に昼食に出ていた連中が戻ってきて、入れ替わりに部屋を出る。すでに昼をとっくに過ぎているが、今日はなんだか食欲がなかった。

屋敷の食堂にはいつものように家政婦が昼食を用意してくれているが、それを摂りにいくこともなく眠気覚ましに中庭で散策でもしようかと思った。

そのとき、通りかかった二階への階段を見上げる。慶次郎が暮らしていた二階へと続く階段の前にはポールが左右に置かれていて、間には黄色いロープが張られている。今は屋敷の一階と、離れの会議室を使っているだけで、二階の慶次郎のプライベートなスペースは立ち入り禁止になっている。

大間はすでに自分の屋敷を都内に構えているので、ここの二階に移り住む気にはならないのだろう。いずれは、組の事務所に改築する予定だが、それまでにはしばらく時間がかかりそうだった。

慶仁は中庭に出るつもりだったが、ふと気が変わって黄色いロープの横をすり抜けると二階へと上がる。つい数ヶ月前までは当たり前のようにこの階段をのぼり義父の部屋に行っていたのに、今は誰もいない二階がひどく寒々しかった。

真っ直ぐに義父の寝室に向かうと部屋に入り、以前と変わらない様子に小さな溜息を漏らす。寝室は東向きで、昼下がりの今はあまり日差しが入ってこない。それでも、秋の柔らかい光が窓ガラスを通して部屋を照らしていた。

この部屋で義父と何度も同じ夜を過ごした。歳を重ね気弱になった慶次郎が、己の辛い過去に胸を掻《か》き毟《むし》るような思いをしているのを見て、慶仁もまたどれほどこの胸を痛めてきただろう。

慶次郎の隣にこの身を横たえて彼の手を握り、何も心配しないでくださいと繰り返し言うと、やがて慶次郎は安心したように眠りに落ちていった。

自分はいくらかでも慶次郎の役に立てたのだろうか。彼の死後、なんども自分自身に問いかけてきたが、その答えを見つけることはできないでいる。

そして、今この組は新しい船に乗って大海原に漕ぎ出したものの、その行く末にはまだいくらかの不安要素もあった。ただ、慶仁が思うに、大間はなかなかうまく組を取り仕切っているようにも思う。慶次郎が望んでいた芳川《よしかわ》ではないにしろ、こういう形もあったと今なら思えるのだ。

だったら、もう自分は必要ないのかもしれない。矢島の下についていることに疲れきっていた慶仁は、できることなら彼から逃げ出したかった。けれど、自分の感情だけでそうすることが許されるとは思っていない。

（お義父さん、教えてください。わたしはまだここにいるべきなのですか……？）

亡き父に心の中で問いかけながら、せつなさのあまり慶次郎のベッドに身を投げた。そこで遠い日の自分を思い出す。

貧しい台湾《たいわん》人の子どもが、遠い異国にきて多くのことを学んだ。言語や学校の勉強や日常生活習慣ばかりではない。成長して組に入ってからは、組織での生き方や金の動かし方も学んできた。けれど、今となっては自分が誰のために働いているのかもよくわからない。

慶仁は生前の慶次郎が使っていたベッドに身を横たえたまま、じっと考えてみる。このまま矢島の下についていたなら、自分の心は崩壊してしまう。だから、どうにかして矢島からこの身を引き離すべきなのだ。それだけは、何をどう考えても間違いのないことだ。

（もう、いい。除籍届けを出そう……）

このとき、慶仁はようやく心の中でそう決心した。

慶仁のことを相変わらず目障りな存在と思っている大間のことだから、受け取りを拒否することはないだろう。そう思った途端、ふっと体から緊張感が抜けてそのままベッドで目を閉じた。疲れきった体は泥のように眠りに落ちていく。

昼休みのほんのわずかな時間、ここで体を休めたらまた分室に戻って仕事をすればいい。そして、今の仕事を終えたら大間に除籍届けを出すと決めた慶仁の心にもはや迷いはなかった。

それから何時間経ったのだろう。慶仁がふと目を覚ましたのは、どこからともなく入ってきた明かりのせいだった。慌てて腕時計を見たら、昼休みから二時間以上が過ぎていた。

明かりのほうを振り向けば、ドアが開いていて人のシルエットがぼんやりと見える。掃除にきた家政婦だろうか。あるいは、いつまでも帰ってこない慶仁を案じて、分室の誰かが探しにやってきたのかもしれない。慶仁が慌てて乱れた髪を整え、すぐに戻ると言いかけたときだった。

「こんなところで何をやってんだよ?」

その声を聞いてハッとしたように顔を上げる。そこにいたのは分室の人間でも、掃除にやってきた家政婦でもなく矢島だった。

「な、なんで……?」

なぜ矢島がこんなところに上がってきているのだろう。そればかりか、ひどく不機嫌な様子でここにいる理由をたずねられたが、寝起きの慶仁はいささか面倒な気分で彼の問いかけに答える気にはなれなかった。すると、矢島は不機嫌さに拍車をかけたように眉間に皺を寄せてみせる。

「やっぱり、先代がいいってことか。結局はそれかよ」

忌々《いまいま》しげに呟いた矢島が握った拳で部屋の柱を強く叩く。

「なんのことだ？　ここで眠っていたのは、人のいないところで少し休みたかったからだ。それ以外に他意はない」

これでも人前では兄貴分の矢島に対して口の利き方に気をつけているが、二人きりになるとつい年下にものを言うような口調になってしまう。ようやく頭がはっきりしてきたところで、慶仁はベッドから下りると乱れていた髪をかき上げて言った。

「それから今度の中間決算を出したら、俺は組に除籍届けを出すことにした。これ以上気に喰わない舎弟の面倒をみなくてもすむから安心しくれ」

「はぁ、あんた、何を言ってんだ？」

いきなりの慶仁の言葉に、矢島が面喰らったように問い返してくる。だが、もう何を言われようとそうと決めたのだ。

「この間、顔を見ればきつくあたってしまうとか言っていただろう。おまえは俺が桂慶次郎の妾《めかけ》だったとまだ疑っているし、そのせいで組織の上でふんぞり返っていたと思っている。だから、どうしても気に入らない。つまりは、そういうことだろう」

「おい、俺はそんなことは……」

矢島が言おうとした言葉を遮り、ネクタイを締め直しスーツの襟を正した慶仁がさらに言葉を続ける。

「そればかりか、俺が平田らの力を後ろ盾にしてトップの座を狙っていると考えているみたいだしな。馬鹿馬鹿しいが、疑う気持ちを捨てられないのならどうしようもないだろう」

矢島は気色ばんで慶仁に言い返そうとするが、それもまた遮るように口元を歪めて笑ってみせた。

「もういい。なんと思われても、そんなことはどうでもいいんだよ。この桂が先代の遺志を継いで、家族も同然の構成員をきちんと喰わせてやっていける組であれば、それで何も問題ない。俺はもう抜ける。だから、これ以上心配……」

するなと言いかけたところで一階から慌ただしい物音がして、怒鳴り声が響いてきた。

「おいっ、誰か、医者の手配をしろっ。組長が撃たれたっ」

その声にぎょっとして、矢島と慶仁が一瞬互いの視線を合わせる。そして、慌てて二階から駆け下りていくと、若い者に肩を担がれながら廊下を歩く大間がいた。

「すぐに、救急車を……っ」

慶仁たちと同じように奥から駆けつけてきた舎弟の一人が言った。が、それを大間が止める。

「馬鹿野郎っ。これぐらいで大騒ぎするな。ちょっと肩を弾が掠っただけだ。それより、宇野《うの》先生を呼んでくれ」

宇野というのは近くの開業医だが、金さえ払えば素性の怪しい人間であっても何も訊かずに治療してくれる。金には細かいが、口は堅く腕は確かなので、慶次郎の時代からさまざまな事件、事故で世話になっていた。

本家の若い者がすぐに電話を入れて宇野の到着を待つ間、大間は自分の執務室のソファに座り人払いをして矢島と慶仁だけを呼び入れた。

「組長、大丈夫ですか?」

「心配ない。さっき言ったとおり、ちょっと弾が掠ったただけだ。ただ、焼けるように痛むのはたまらんな」

そう説明すると、矢島に言ってブランデーをグラスにそそいで持ってこさせる。強い酒でも呷《あお》っていないと、医者がくるまでもきついのだろう。

「で、やった奴は?」

「わからん。黒ずくめのジャージのような格好で、サングラスに野球帽を被っていた。身のこなしからして若かっただろうな」

大間の話によると、午後一に地元選出の代議士と会談があり、その帰宅途中を狙われたということだった。普段は安全を考えて半地下の駐車場から屋敷に入る大間だが、この日は庭師が入ったあとだったので、正門の前で車を降りて前庭の出来を見ていこうと思ったという。

大間は本家に入ったあと、屋敷内も少しずつ自分の好みに手を加えていたが、庭もまた以前よりモダンな雰囲気にしようと石や木を入れ替えさせていたのだ。

だが、まさにそのときを狙って、屋敷のそばの電柱に隠れていた男が大間を狙って発砲した。一発は逸れて屋敷の壁に当たり、もう一発が大間の肩を掠めていった。それを見て、慌ててそばにいた舎弟たちが男を追ったが、用意してあったバイクに飛び乗って逃走したということだった。

「どこかの奴が何かを仕掛けてくるとは思っていたが、屋敷の前でとは大胆ですね」

いつもと違い緊張感の滲《にじ》む矢島の言葉に、大間はもう一口ブランデーを呷ると渋い顔で頷《うなず》いた。そして、矢島の後ろに控えていた慶仁に視線を寄こした。

「どこかのといっても、身内の可能性もあるだろうがな」

どうやら、慶仁が犯人の可能性もあると考えているらしい。それに気づいて答えたのは、慶仁ではなく矢島だった。

「それはちょっと考えすぎじゃないですか。襲名を終えてこの数ヶ月、組織もいい具合に回ってきています。よしんば新体制に異論があっても、いきなり親父を狙ってぶっ放すってのは乱暴すぎるかと」

べつに慶仁を庇《かば》って言った言葉ではないと思うが、それでも大間はまだこちらを見たままたずねる。

「浅黄、今日は朝から分室にいたのか?」

「はい、中間決算の資料作成がありましたので……」

「ということは、矢島と一緒だったわけじゃないな」

「ですが、ずっと分室にいた人間が……」

慶仁に代わって矢島が答えようとして、ハッとしたように口を噤《つぐ》む。

「どうした? 何かあったか?」

「あっ、い、いや、なんでもないです。ただ、浅黄が狙ったというのはないかと……」

矢島が急に言葉を濁したのには訳がある。確かに、慶仁は朝から本家の分室にいたが、昼から二時間ばかり席を立っていた。実際は、二階の慶次郎の寝室で横になっていただけだが、それを証明する者はいない。

つまり、慶仁が誰かに指示を出したことも考えられるし、そのために二階の慶次郎の部屋にいたという可能性も皆無ではないということだ。

大間は大きな溜息を漏らして、サラシできつく縛り上げている腕をさすりながら言う。

「俺も浅黄が狙ったとは思いたくないがな」

そこまで話したところで、医者が到着した。宇野は部屋にやってくると、大間の顔を見てニヤリとふてぶてしい笑みを浮かべた。こういう状況には、組に入ってまだ日の浅い若い舎弟よりもよっぽど慣れている男だった。

「三下の小競り合いで駆け込んでくる組員はいたが、組長さん自らのお呼びとはね。桂も先代が亡くなって足元が緩んでるんじゃないか」

遠慮のない物言いで宇野は大間のそばにくると早速治療にかかる。その間、矢島と慶仁は揃《そろ》って部屋を出た。治療が終わるまで、二人して廊下の壁に背をもたせかけながらしばらく無言でいたが、矢島のほうが先に口を開いた。

「おい、まさかとは思うが……」

「俺が組長狙撃《そげき》の黒幕とでも？　あるいは、俺自身が犯人かもしれないな」

いっそ開き直ったように言ってやると、矢島が眉を吊《つ》り上げて慶仁のスーツの胸元をつかみ上げた。

「冗談でも言うなっ」

「離せよ。俺はもう誰に何を思われても構わないと言っただろうが」

そう言って矢島の手を振り払った。何を言っても誰も信じてくれないのなら、何かを口にするほど虚しいだけだ。大間が疑っているなら、それでいい。すると、矢島は大きな溜息を漏らしてみせる。

「あんたはどう思っているか知らないが、大間の親父だってあんたのことは買ってるんだ。だからこそ、本家の分室に残している。だがな、その腹の内が見えないことには、どうすることもできないんだよ」

矢島が苛立ったように胸の前で腕を組むのを見て、慶仁は乱れた自分のスーツの襟元を直していた。

「いいか。分家の連中の間では、未だにあんたが先代の権力を笠にきて、桂をいいようにするんじゃないかと疑っている者もいる。平田らと一緒に外に出さず本家で俺の下につけたのも、完全に大間の親父《オヤジ》の権力下にあると周囲を納得させるためだ。あんたがきちんと腹さえ割れば、大間の親父は悪いようにはしない。それくらいの度量はある人だ」

「べつにいいようにしてもらおうとは思っていない。言っただろう。俺はもう抜ける。もともと先代が隠退するときには、この世界から足を洗うつもりだった。その時期が少し早くなっただけのことで、なんの未練もない」

「あんたはそれでよくても、こっちは困るんだよ」

「何が困る？　むしろ望むところだろうが」

「まったく、あんたはなんにもわかってないな……」

矢島がなぜか呆れたように言ったところで、部屋の中から医者が顔を出した。

「おい、手当てが終わったぞ。組長さんは運がいい。縫うほどの傷でもない。消毒して化膿《かのう》止めを飲んでおけば、一週間程度で傷は塞《ふさ》がるだろうよ。痛むようなら鎮痛剤を適当に飲ましておけばいいから」

往診用のバッグを持って宇野はその足で事務室に向かう。きっとそこで法外な治療費を請求するのだろう。慶次郎の時代から世話になっている医者は、こうして裏稼業で稼いだ金で自分の病院にはりっぱな医療機器や設備を整えている。おかげで、近隣の患者からは遠くの大学病院まで検査に行かなくてもいいと、なかなかの評判らしい。そうやって考えてみれば、組織での医療行為に対する対価を支払うのもボランティアのようなものかもしれない。

慶仁が矢島とともに部屋に戻ると、大間は片袖《かたそで》を落とした格好でグルグルに巻かれた包帯を忌々しそうに眺めながら言う。

「あのヤブ医者め。さっきより傷の痛みがひどくなったぞ。どういう治療をしてんだ」

「鎮痛剤を飲みますか？」

矢島がたずねると大間はいらんと首を振って、またブランデーを呷る。酒で痛みを紛らわせるほうが手っ取り早いと思っているのだろう。

「それより、俺をやった犯人のことだが……」

大間は矢島が何かを言おうとしたのを片手で止めて、慶仁を見て言った。

「俺はまどろっこしいのは嫌いでね。だから、単刀直入に訊く。この件でおまえがかかわっているということはないんだな」

「もしあったとしても、ここで正直にわたしがやりましたとは言いません」

「そりゃ、そうだろう。だが、関係がないなら、そいつを証明してもらわないとな」

慶仁は大間を真っ直ぐに見ながら、今が自分の除籍を願い出るいい機会だと思った。

「それなら簡単な方法があります。わたしは組織を抜けたいと思っています。ここに日付を入れるだけの除籍願いもあります。これで、わたしにいっさいの野心がないことを理解していただきたい。あるいは、今回の件で疑いの余地ありと思われるのなら、除名・破門の処分も甘んじて受け入れたいと思います」

「おいっ、ちょっと待てよ。勝手なことを言うな……」

焦った矢島がたまらず口を挟んできた。だが、大間はそれも黙らせて言葉を続ける。

「抜けてカタをつけようってのか。どう転んでも今のおまえの立場じゃ、桂を取り戻すことはできないだろうからな。先代から少なくない遺産も受け取っているようだし、おとなしく足を洗うのも利口かもしれんな」

大間は肩から下ろしていたシャツを上げてネクタイを締め直すと、慶仁がテーブルに置いた除籍願いを持ち上げてそれをこちらに向かって投げて返す。

「だが、それで今回の件を水に流すわけにはいかないんだよ。おまえが一枚嚙んでいないというなら、さっきも言ったようにそれを証明してから抜けるんだな」

大間の言葉に慶仁は正直戸惑っていた。まさかそんなふうに除籍願いを拒まれるとは思ってもいなかった。

「組長、浅黄は上に立とうとは思っていませんよ。俺はあの日、先代の遺言の下書きのファイルを消す前に、その内容に目を通しています。先代は浅黄を跡目にとは考えていませんでした。

跡目候補は別の者でした。間違いありません」

　矢島がいきなりそう言ったので、慶仁が彼のことを睨みつける。やっぱり、この男がデータを削除したのだと思うと、いまさらのように怒りが込み上げてきた。だが、今はそれについて矢島を責めている場合じゃない。

「よしんばそうであっても、浅黄が意識のない先代の病室に弁護士を呼んで、人払いをしたあげく無理矢理遺言を捏造《ねつぞう》しようとしたことは、あの場にいた連中なら誰もが知っている。あと少し先代の息があれば、あの場で自分の都合のいい遺言を作ることもできたはずだ。その疑いが晴れるまでは、こいつを自由にするわけにはいかないんだよ」

「ですが、この数ヶ月一緒にいて、俺にはわかっていますから。本気で組を抜けるつもりなんですよ、浅黄は。この男は先代のために働いていただけで、組とか地位とかには興味がない。それだけは確かですから」

　慶仁本人の意思をよそに大間と矢島の会話が続き、いささかうんざりした気分だったが、今の自分には口を出す権利がないのだ。すべては大間の考えが優先される。それに何か意見が言えるとしたら、矢島しかいない。慶仁は黙って、己の処遇の決定を待っているしかなかった。

　矢島の言葉を聞いて大間も考え込む素振りをみせ、部屋には沈黙が流れる。慶仁は命令を待つ忠実な犬のように、その場でじっと立ち尽くしているだけだった。

「矢島、おまえはまだ若いが、俺が一番信頼している部下だ。そのおまえが浅黄をそうやって庇うなら、それだけの理由はあるんだろう。だがな、俺も今となっては柱を背負っている身だ。掠っただけとはいえ、弾を喰らってそのままにしてはおけないだろうが」

大間の言うことも当然だ。組織のトップを狙った奴は、何があっても捕まえてなんらかの落とし前をつけないことには面子《メンツ》が保てない。ましてや、新しい体制になったばかりの柱だからこそ、きちんとしておかなければ、次々と大間を狙ってくる連中が現れることになりかねないのだ。

矢島は大間の前に行くと、いつになく真剣な顔で問いかけた。

「では、犯人を挙げれば、浅黄への嫌疑は晴れるということですか？」

「そうだな。そういうことになるだろうな」

大間もそう言うと、今一度慶仁のほうを見る。だが、慶仁に言える言葉はない。

「こいつをあずかったのは俺です。この除籍届けも、この件が片付くまで俺のあずかりってことでよろしいですか？」

矢島はテーブルの上にあった除籍届けを持って、大間にそうたずねた。

「浅黄への疑いが晴れなけりゃ、おまえの監督不行き届きということにもなる。今回の件、おまえら二人できっちりとカタをつけな」

大間は矢島と慶仁を交互に見て言ってから、大きな吐息を漏らしてみせる。

「まったく、先代も厄介な男を残していってくれたもんだな。これで見栄えが悪いとか、知恵が回らない男だったら、誰も相手にしなかっただろうに。なぁ、浅黄、本当のところ、おまえは先代のなんだったんだ？」

大間はどうせまともな答えは返ってこないとわかっているのか、苦笑交じりに慶仁に訊く。それに対して、慶仁はまったく淀《よど》みのない言葉を返す。

「わたしは先代に大きな恩義を受けた者です。ですから、先代のためだけに生きてきました。今はもう生きる目的をなくしたただの屍《しかばね》のようなものです。望んでいることがあるとすれば、桂組が先代の遺志から外れることなくこの先も存続していくことだけです」

「そうか。その言葉を信じさせてもらいたいものだな」

大間はそう言うと、矢島と慶仁に下がっていいと手を振ってみせた。そして、二人が部屋を出ようとしたそのときだった。大間が矢島に訊いた。

「先代の遺言の下書きを見たと言ったな。跡目は誰と書いてあったんだ？」

さっき慶仁を庇うためか、咄嗟にデータのことを口にした矢島だったが、大間からその内容を問われて言葉に詰まっていた。

「そ、それは……」

まったく、彼らしくもない失態だった。データの内容を言えば、大間のプライドを傷つけてしまう。だが、いまさら知らないと言えない。

「いいから、言えよ。誰であったとしてもそのことでおまえを責める気はない。ただ、真実が知りたいだけだ」

しばらくの沈黙のあと、矢島は声が外に漏れないように一度ドアを閉めて言った。

「芳川さんです。先代は、芳川さんを跡目にと考えていたようです」

その一言が、まさに矢島があのデータに目を通してから削除したという証明だった。そして、それを聞いた大間は痛む腕を反対の手で押さえながら頷いた。

「芳川とは五分の兄弟だ。でしゃばらないがなかなかの切れ者だ。なるほど、奴なら妥当なところだな。俺が先代だったとしても、きっとあいつを推していただろうよ」

大間はそう言うと、自ら立ち上がってブランデーをつぎにいく。腕の痛みもあるだろう。けれど、矢島の言葉を聞いて、大間にもきっと複雑な思いがあったのだろう。飲まなければ心が乱れてどうしようもない。そんな気持ちはわかるから、慶仁は矢島と揃って一礼とともに部屋を出た。

矢島もこの期に及んで自分が見た慶次郎の遺言を、大間に伝えてしまったことを後悔しているようだった。眉間に縦皺を刻み、苦悩の色をあらわにしている。本当ならデータを消したことだけを伝え、自分が見たものは墓場に持っていくつもりだったのだろう。

廊下に出て慶仁はすぐに矢島の胸ぐらをつかもうとした。が、それは矢島の手で簡単に止められた。

「遺書のデータを消したことは認める。だが、あのときは咄嗟の判断だった。てっきり、あんたの名前が書かれていると思ったからな。俺としては、大間の親父に不利になるものを削除すればいいというだけの気持ちだった」

「だが、そのおかげで……」

結果として、慶次郎の遺志とは違う大間が組織を継ぐことになった。今はそれが悪かったといちがいには思っていなくても、矢島の身勝手な行動が跡目相続に混乱をもたらしたのは事実だ。

それに、弁護士を集めて意識不明の慶次郎に無理矢理遺言を語らせようとしたために、慶仁はあの場にいた多くの人間からあらぬ誤解を受ける羽目になったのだ。

「だから、悪かったと思っているさ。ただ、あの遺書がなけりゃ、入れ札になると思った。そうなったら、大間の親父にも跡目のチャンスができる。俺にしてみれば、大間の親父への恩返しみたいなもんだった」

慶次郎が胸を押さえて倒れ込んだあの日、皆が青ざめて救急車のあとを追って病院に向かっていった。矢島もまた一緒に病院に向かおうとしたが、それを止めたのは大間だった。というのも、以前に矢島が説明していたとおり、翌日にも管轄の警察署に出さなければならない書類があったからだ。

慶次郎が倒れても、押印だけなら誰でもできる。そう思って、矢島がデスクの上の書類をまとめていると、たまたま目に入ったパソコンのモニターにある文章があった。

何気なくその文章に視線を走らせていると、それが先代の遺書だとわかったという。慶仁が正式な遺言状の作成を何度も頼んでいたので、見直しをしてくれていたようだ。

自筆でないものは認められないことは矢島も知っていたという。だが、あのときの桂慶次郎はほぼ意識不明の状態だ。もし、直筆の遺言書が存在しなければ、このパソコンの中の遺書が慶次郎の遺志として認められてしまう可能性もある。

咄嗟の行動だったと本人も言っているように、あの瞬間頭より手が先に動いてしまったのだろう。誰でも恩義を感じている人に対しては何かでそれを返したいと思うものだし、組織の中にいればそれぞれの「親父」を思う気持ちは強い。

それは、慶仁の慶次郎に対する気持ちと同じだと思うと、これ以上何かを言う気も失せてしまった。

「もう、いい。なにもかもいまさらだからな。それより、この先俺にどうしろというんだ。犯人探しに奔走して、あげくにそんな人物は見つかりませんでしたというわけにはいかないだろう」

具体的な話をする慶仁だが、矢島はそれを聞いて呆れたような顔になる。

「あんた、俺と一緒に夜の街をさんざん徘徊《はいかい》して、何も学んでないのかよ。使える情報網は全部使って、ここのところ怪しげな動きをしていた人物、もしくは組を洗い出すんだよ。それで、何がなんでもひっ捕まえてやる」

「そんなにうまくいくのか」

「やるんだよ。でなけりゃ、あんたの潔白を証明できないだろうが」

「べつに証明できなくてもいい。俺は汚名をきたまま除名されても構わないんでね」

投げやりな慶仁の言葉に、矢島が苛立ったように二の腕をつかんで顔を突き合わせてくる。

「本当にそれでいいのか？　先代の右腕だったあんたが汚れた噂のついたまま組を抜ければ、先代の名前にも泥を塗ることになるぞ。桂慶次郎の男妾は跡目を狙って大間の命を狙ったあげくに、失敗して破門になったってな」

確かに、自分が何を言われるのも構わないが、自分の存在が慶次郎の汚点となるのは望むことではない。

「言っておくが、俺はあんたの除籍を認めたわけじゃない。だが、どうしても抜けるというなら、後始末はつけていけよ。先代の側近だったあんたにこんな説教をするのも野暮だとは思うが、それが組織の掟ってもんだ」

矢島の言うとおりかもしれない。慶次郎の名前とその功績をのちのちの桂組に正しく伝えてもらうために、慶仁にはするべきことがある。そして、これが自分にとって組においての最後の仕事になるだろうと考えていた。

◆◆

翌日からまた分室の仕事よりも外回りが増えた。中間決算の資料作りを他の者にまかせることになったが、これが終わった段階で組織を抜けることは決めているので、今から慶仁《よしひと》のいない体制に慣れてもらうのもいいかもしれない。

そして、慶仁はできるだけ大間《おおま》を狙《ねら》った犯人探しに時間を費やしていたが、その主導権はあくまでも矢島《やじま》が握っていた。投げやりだった慶仁に「やるんだ」と発破をかけただけあって、とにかく積極的に動き回っている。

自分の「親父《オヤジ》」を狙われて黙っていられないという気持ちもあるだろうし、己の監督不行き届きと言われないためでもあっただろう。

こういうときに役立つのが、矢島がいつも使っている情報屋の連中であり、警察との繋《つな》がりだった。矢島はまずは情報屋の連中を片っ端から当たり、近頃目立って不穏な動きをしている組はないか聞いて回った。どの男も最初は言葉を濁しているが、矢島が金を握らせたり、軽く拳《こぶし》で頬《ほお》や腹を殴るだけで案外口が軽くなる。

だが、どの口から出てくる情報もいま一つピンとこない。最後に矢島は所轄の下っ端刑事を呼び出した。山下《やました》というまだ若い刑事は、警官の時代に捕まえたひったくりを交番に連行するとき、犯人に拳銃を盗まれるというヘマをやらかした男だ。本当なら厳重注意のうえ降格および減給になるところだった。そればかりか、マスコミに情報が流れていれば、署長はカメラの前で世間に頭を下げるという大騒ぎになって、出世など一生望めない立場になっていたはずだ。

だが、このとき逃げたひったくりを捕まえて拳銃を取り返してやったのが矢島で、彼の失態が外に漏れるのを防いでやったおかげで、山下は数年前に晴れて刑事課への配属が決まった。

以来、矢島には頭が上がらない彼には、警察内部の情報を流させているのだという。

「矢島さん、直接会うのはまずいっすよ。組との接触について、上が神経質になっていて……。それに、そっちの人は？」

暴力団対策を中心に活動している四課の刑事とは思えない、見るからに気の弱そうな山下がこぼすが、矢島は鼻で笑って相手にしていない。

「心配すんな。こいつは俺の舎弟だ」

「舎弟って、そんなモデルか役者みたいな顔のヤクザが本当にいるんですか。冗談なら勘弁してくださいよ」

気は弱いくせに、案外口は減らないらしい。

「あいにく、顔でヤクザをやっているわけではないんでね」

慶仁が言うと、まるで人形が話すのを見たかのように不思議そうな顔でポカンと口を開けていた。

「おい、見惚《みと》れるのは勝手だが、まずは話をすませてからだ」

矢島の言葉にハッとしたように我に返った山下は、また困ったように頭を掻《か》いている。

繁華街の場末の喫茶店の片隅で、こうして刑事とヤクザが情報交換をしていることなど、世間の誰もが気づいていないだろう。今夜も暗闇の中で数え切れない悪事が横行しているのだ。だが、それが現実で、それが世の中というものだ。

「他言するなよ。この間、うちの親父が狙われた」

「えっ、そうなんですか。それって大変じゃないですか」

刑事とはいえ、あまりにも頼りなげな山下の反応に慶仁のほうが不安になる。だが、矢島は気にした様子もなく話を続ける。

「ああ、まったく大変なんだよ。幸い、弾は外れてピンピンしているがな。やった奴を探し出さないとすまないのはわかるよな?」

「まぁ、面子《メンツ》ってものがありますもんねぇ。それにしても、大胆だなぁ。どこの組だろう」

「馬鹿野郎。それを訊《き》くためにおまえを呼び出してるんだろうがっ」

矢島に言われて、山下は慌てて首を横に振る。

「知らないですよ。桂《かつら》の代替わりは所轄でも注視していましたけど、大間さんに決まったあとは落ち着いているみたいだし、どこの組もつけ入る隙《すき》はないんじゃないですか。っていうか、それって本当に外の誰かの仕業ですか?」

「どういう意味だ？」

「だから、内部抗争とかで、身内に犯人がいるとかって話じゃないかと思って……」

アイスコーヒーをストローで啜《すす》り上げて、氷だけになったグラスをまだ片手に持ったままの山下はチラッと矢島の顔色をうかがう。小心者だが、わりと抜け目のない男のような気がして、慶仁もまた山下を睨《にら》みつけた。

「や、やだなぁ。そうやっていい男が二人して睨まなくてもいいじゃないっすか」

普通、四課の刑事といえば、体もりっぱでヤクザ者とがっぷり四つに組んでも負けないような巨漢が多いが、山下は体もどちらかといえば小柄で、その口調までがどこかおどおどとしている。

「おまえな、俺に呼び出されて実のあることの一つも話さず、コーヒーだけ飲んで帰れると思うなよ」

「本当に知らないですって。俺ね、あなたに回してもらった情報でわりと知恵が回ると思われていて四課にいますけど、正直限界ですから。矢島さんみたいな怖いもの知らずにはわからないだろうけど、本当に向いてないんですよね。いっそ交番勤めの警官に戻りたいくらいですよ」

山下が条件に合っていないにもかかわらず四課の刑事としてどうにかやっていけているのは、矢島の裏情報を警察に流してきたかららしい。

「何を言ってんだ。弱音を吐いてんじゃねえよ。おまえみたいなボンクラにかぎって、要領よく生き延びて上にいくんだ。世の中はそういうふうにできている。そして、それがおまえのためであり、俺のためでもあるんだよ。わかるよな?」

本気で言っているのだろうか。だが、慶仁もすぐにそういうものかもしれないと思った。真面目すぎる者も職務に忠実すぎる者も、生き残るには不器用だ。力に自信のある者も知力を過信した者も、いずれどこかで足元をすくわれる。結局、最後に残るのは山下のような人間なのかもしれないと思った。

慶仁はそのとき桂組のことを考えた。二代目となった大間もまた少しそういう部分がある。もっとも、大間の場合は小物の山下なんかとは違い、計算でそんなふうに振る舞っている。完《かん》璧《ぺき》すぎず、大物ぶらず、適度に力を抜いて、ちょっと変わった組織運営で周囲との軋轢《あつれき》を避けてきた。

今回の入れ札も、そういう姿勢が多くの分家の気持ちを強気の辻本《つじもと》から大間へと引き寄せたのだろう。そう思うと、やっぱり大間はただの気の走った男ではないことも見えてくる。と同時に、矢島が大間を自分の「親父」と認め、尽くしていることも不思議ではないような気がした。

慶仁がぼんやりとそんなことを考えている横で、矢島は煮え切らない山下を宥《なだ》めたり脅したりしながら、巧みに情報を引き出している。

「いや、だから、俺もよくわからないんですけど、ついこの間吉原《よしはら》会系の……」

「吉原会？　っていうと、宮嶋《みやじま》のところか？　それとも遠藤《えんどう》か？　どっちかはっきり言えっ」

ぐだぐだと要領を得ない話が続いていて、そろそろ業を煮やした矢島が間髪容れずに問いただすと、山下はまるで警視総監に質問されたかのように身を正して答える。

「遠藤組です。拳銃の所持で構成員が一名挙げられています。もっとも、本人が個人的にロシアから密輸したようで、組のガサにまではいたってませんけど」

それは、かなり有益な情報に思われた。その拳銃が今回の大間の狙撃《そげき》に使われたものと同じなら、大間を狙ったのは吉原会系遠藤組の者ということになる。

だが、山下は拳銃がロシア製のものだとは言ったが、それ以上の情報は口を割らなかった。それに、大間の傷は弾が掠《かす》った程度のものだ。あの銃創から拳銃を特定するのは不可能だ。

いずれにしても、遠藤組が拳銃を仕入れたという話だけでも大きな収穫には違いない。矢島は一人で先に喫茶店を出ようとした山下に、小さなメモ書きを渡す。

「最近、不法就労の外国人ホステスを大量に雇った店だ。裏では宮嶋組が糸を引いている。次にガサ入れするならそこにしとけ。せいぜいポイントを稼いでうまくやっておけよ」

山下に情報を流し他の組を潰《つぶ》しながら、この男を警察権力の中で生かしておく。それが、矢島のやり口なのだ。

ペコペコと頭を下げて山下が帰っていったところで、矢島と慶仁も店を出る。

「遠藤組か……。考えられないわけでもないな。四、五年前、うちの組が中心になって連中のシマを徹底的に叩《たた》き、北関東に追いやったからな。あのときの恨みを晴らそうというのなら、大間の親父を狙っても納得がいく」

吉原会系遠藤組は歴史だけは古いが、昭和の後半に完全に時代に乗り遅れ、その勢いをうしなっている組織だった。同系の宮嶋組のほうは地道に水商売でシノギを上げているが、中国人やロシア人の女を連れてきては不法に就労させて、賃金を中抜きするという阿漕《あこぎ》なやり口が収入源だ。

知恵を絞らずに組織運営をできるほど気楽な世の中でもない今、どちらの組にも未来はないだろう。が、どちらの組にしても、追いつめたのはいち早くフロント企業化していた桂の存在に違いなかった。

「やはり、遠藤が怪しいということか」

慶仁が呟《つぶや》くように言うと、矢島はまだそうと決まったわけではないと慎重な姿勢をみせる。そして、情報を集めるときの基本は、一番有力に思えるものを一番疑うというのがセオリーだと言う。矢島には自ら夜の街で経験から学んできたものがあるのだろう。

「それにしても、刑事まで子飼いにして、あそこまでいいように使っているとはな」

「感心したか?」

矢島が抜け抜けと訊いてくるので、慶仁は視線を逸《そ》らして言う。

「呆《あき》れただけだ。ああいう男は両刃《もろは》の剣だぞ。保身のためには、あっさりと人を裏切るタイプだ」

「だろうな。だが、それまでは利用できるだけ利用する。そのうち権力や金の味を覚えて、腐臭がするようになったときが切りどきだ。そのときは、首にでっかい鈴をつけて離してやるさ」

しょせん、闇の世界は裏のかき合いだ。したたかなほうが勝つ。矢島はそんな駆け引きが巧みだからこそ、大間のもとでこれだけの頭角を現してきたのだ。

以前に矢島の経歴を本家の事務所で調べたことがあるが、彼はこの業界では珍しい、有名私立大学を現役合格し、四年できちんと卒業している男だった。その後、一般企業で働いた経験もある。

慶仁の場合は慶次郎《けいじろう》の手助けをするために大学で学んできたし、組で働くことはあらかじめ敷かれていた人生のレールのようなものだった。だが、矢島はなぜこの世界に入ってきたのだろう。夜の街を徘徊《はいかい》して女を口説くより、もっと彼に相応《ふさわ》しい人生もあったような気がする。

その夜、とりあえず集められるだけの情報を集めた矢島はタクシーを捕まえた。組の車を使わない代わり、矢島は近距離でもすぐにタクシーを使う。今夜もこのまままた部屋に連れ込まれて、セックスの相手をさせられるのだろうと覚悟していた。

ところが、矢島は慶仁のマンションへ先に回るよう運転手に住所を告げた。

「明日も午前中は分室に出勤だろう。さっさと帰って休みな」

思いがけない言葉に、後部座席の隣に座った矢島の横顔を見る。すると、慶仁の視線に気づいたように矢島がこちらを向く。

「なんだよ？　何か不満か？　もしかして、抱いてほしいっていうなら、あんたの部屋でやってもいいんだぜ」

「い、いや、そうじゃない」

慶仁は慌てて首を横に振った。その声がいつになく上擦っていたので、矢島が少し声を漏らして笑った。

「珍しいこともあるもんだな。あんたが焦っている顔なんて初めて見た」

「べつに焦っているわけじゃない。ただ……」

慶仁はすぐに言い訳をしようとして、言葉に詰まる。そんな慶仁をじっと見つめて矢島が訊く。

「ただ、なんだよ？　言ってみな」

本当は慶仁の体を労《いた》わるような矢島の態度に驚いていた。と同時に、てっきりいつものように抱かれると思っていたので拍子抜けしたような気持ちになっていたところに、胸の内を読んだようなことを言われて、慌ててしまったのは事実だった。

「なんでもない。ちょっと疲れていたし、決算の資料のこととか考えていて、それで……」

自分でもらしくない言い訳をしていると思っていた。そんな慶仁を見て、矢島のほうもいつもと様子が違うと気づいたようだ。タクシーの中で手を伸ばしてきたかと思うと、いきなり慶仁の手を握る。

「なっ、何を……」

やっているんだと怒鳴りそうになり、運転手のことを気にして口を噤《つぐ》む。

「手くらい握らせろよ。本当は俺だって我慢しているんだ。だが、今は親父を狙った犯人を見つけるのが先決だからな」

そう言うと、矢島はタクシーが慶仁のマンションの前につくまでずっと手を握っていた。それは、とても奇妙な感覚だった。この体をさんざん弄《もてあそ》び嬲《なぶ》った男が、この手を握っただけで車から降りようとする慶仁を見送る。

「なぁ、ときどきは先代の夢とか見るのか？」

別れ際にそんなことを訊かれて、慶仁はちょっと返事に困ったものの小さく頷《うなず》いた。それで、また矢島が疑いの種を育てて、不機嫌さをあらわにするのかもしれない。けれど、なんとなく嘘《うそ》はつきたくなかったのだ。だが、矢島は怒ることもなく、少しだけ寂しそうな顔で「そうか」と呟いただけだった。

去っていくタクシーをマンションの前で見送ったあと、慶仁はしばらくそこに立ったまま矢島に握られていた手をじっと見つめる。

無体な抱き方をして、慶仁に羞恥《しゅうち》と絶望を与えてきた男なのに、彼の手の温もりはとても心地がよかった。それは、慶次郎が亡くなって、自分の体を支えていることもできなくなったあの日の慶仁を包み込んでくれたときと同じ温もりだ。

そして、それは慶次郎の温もりにもよく似ていて、慶仁はせつなさに胸が締めつけられるような思いを味わっているのだった。

気がつけば秋風が吹きはじめていた。

今年は例年になく残暑が短く、十月の声を聞く前に朝夕の冷え込みを感じるようになってきた。ニュースでは紅葉が早く、行楽地では催しの準備が間に合わずに慌てていると伝えていた。

だが、そんな呑気《のんき》な話題など、今の慶仁の生活にはどうでもいい。とにかく、毎日が慌ただしい。分室での中間決算のまとめはほぼ終わったが、会議用の資料作りがまだ少し残っている。こちらは、今週末の幹部会までに間に合う目処《めど》がついたからいい。

問題は大間の狙撃犯の捜索だ。あれから、遠藤組に関して新たな情報を集めているが、拳銃の密輸入に関しては山下の言っていたとおりだった。

「警察に挙げられた奴が狙撃犯だったとしたら、すでに塀の中だ。どうにもならないな」

いつもの賭場《とば》の見回りのときに慶仁が言った。だが、矢島は首を横に振る。

「それはない。捕まえる数日前から、警察は奴をマークしていた。親父が撃たれた日も尾行がついていただろうから、奴が犯人ということはない」

「だったら、やっぱり別の組織か。あるいは……」

慶仁が言い淀《よど》んだのを見て、矢島が苦笑を漏らす。

「おいおい、身内の中に犯人がいるとか言い出すなよ」

それを一番疑われている慶仁が言うなと言いたいんだろう。しかし、その可能性を完全に捨ててしまうこともできないと思う。特に、東海三河《みかわ》の辻本が大間の跡目襲名に大きな不満を抱いているのは明白だ。地方から送り込まれた鉄砲玉となると、都内で情報を集めていてもなかなか尻尾《しっぽ》はつかめない。

夕刻から二軒の賭場を見て回り、これから三軒目のクラブへ顔を出しに行こうとしていたときだった。矢島について歩いていた慶仁の視界の片隅に、何かがさっと過《よ》ぎっていった。繁華街から少し外れた薄暗い道だが裏通りの店を選びながらそぞろ歩く人の姿もあるし、すでに酔った連中が電柱や壁に手をつきながらふらふらと歩いていたりもする。

そんな中で、妙に素早い人の動きが目の端に止まって、なんだか奇妙に思ったのだ。慶仁は一旦足を止めて気になるほうをじっと見る。すると、店と店の間の狭い隙間から黒い筒状のものがぬっと出てくるのが見えた。その先端の延長線上には矢島がいる。

「あ……っ。おいっ、伏せろっ」

そう叫ぶが早いか、慶仁は矢島の背後から抱きついた。その勢いのまま二人して地面に倒れ込む。と同時に、パン、パンと軽い破裂音が鳴り響いた。

周りを歩いている者たちはそれがなんの音かわからずにキョロキョロとあたりを見回してから、道に倒れている慶仁たちを奇異な目で眺める。だが、そんな視線を気にしている場合じゃない。

「クソッ」

短く吐き捨てた矢島はすぐに体を入れ替えて起き上がると、今度は慶仁を庇《かば》いながら近くの店に向かって走る。二人して店の植え込みの影に飛び込むと、肩を寄せ合ったまま身を潜めた。

「どこから狙ってたっ？」

「向かいのバーと居酒屋の間の路地からだ」

身を低くしたままそちらを確認すると、男が路地から駆け出してきてもう一発こちらに向かって発砲した。発砲音に一瞬頭を低くしたものの、すぐに植え込みから飛び出した矢島が男に向かっていく。

「そっちからお出ましとは上等だっ」

「あっ、おい……っ」

丸腰で拳銃を持っている男に向かっていく馬鹿がいるかと怒鳴っても遅かった。が、一目散

に向かってくる矢島を見て、男は慌ててきびすを返し路地の中へと戻っていく。

「待ちやがれっ」

矢島が叫びながら路地に飛び込んでいくのを見て、慶仁もすぐにあとに続いた。だが、細い路地には店の裏口に置かれたゴミ箱やビールケースがあるうえ、ひどく暗くてまともに走れない。

前を見ると、矢島が同じように障害物に足元を取られながらもようやく路地を抜けたところだった。だが、そこで男の逃げた方向を確かめながら足が止まる。慶仁も追いついたものの、大通りの人混みはすでに男の姿を呑み込んでしまったあとだった。

「チクショー。どこのどいつだっ」

矢島が怒りにまかせて怒鳴った。その横で慶仁が息を整えながら言う。

「黒のジャージにサングラス、野球帽姿というのは、組長を狙った奴と同じ特徴だった。どうやら、彼らにとっては組長だけでなく総本部長も邪魔らしいな」

狙われていたのは、あきらかに矢島のほうだった。慶仁の言葉に矢島があらためてこちらをじっと見て、何か言いたそうな表情になる。

「なんだ?　やっぱり俺が黒幕とでも?」

すると、矢島はふっと表情を緩めてみせる。

「思うわけないだろう。あんたが黒幕なら黙って撃たせておけばいいだけだ。なのに、俺を庇ったのはなんでだ？」

言われてみればそのとおりだと、いまさらのように気がついた。この男にはさんざんな目に遭わされてきた。いっそ殺してくれと思ったときもある。だったら、あのまま撃たれるのを黙って見ていればよかったのかもしれない。でも、そんなことができるわけもなかった。

「上の者を守るのが下の者の務めだからな」

道路に倒れ込んだときについたスーツの汚れを払いながら慶仁が言うと、矢島は途端につまらなさそうに呟く。

「ああ、そうか。そういうことか。そうだよな……」

「他にどんな意味があるというんだ。それより、自分の命が狙われたことを、少しは深刻に考えたほうがいいんじゃないか」

そう言いながらも、慶仁は矢島の少しがっかりした顔をチラッと横目で見た。庇って助けたことに特別な意味なんかあるわけない。そうするのが当然で、それが組織の上下関係というものだ。でも、本当にそうだろうか。

路地の間から出てきた銃口が矢島を狙っているとわかったとき、この体はまるで弾かれたように彼の背に飛びついていた。羞恥と絶望でもって慶仁を苦しめる憎らしい男の背中なのに、鉛弾が貫くことを想像した瞬間に背筋が凍ったのだ。

（いやだっ。これ以上、俺を一人にするな……っ）

あのとき、慶仁の胸に過ぎった言葉だった。実の家族を捨て日本にきたのち義母が亡くなり、父親の代わりであった慶次郎も逝ってしまった。今の自分には誰もいない。そう思っていたのに、この数ヶ月というもの、かならず慶仁のそばにいたのは矢島だった。

憎いと思っている心の片隅に、彼の温もりを知ってしまった自分がいる。だから、上か下かなど関係なく、ただ矢島を失いたくないと思った。認めたくはないけれど、それが正直な気持ちだったのだ。ただ、こんな胸の内を知られるわけにはいかず、素知らぬ顔で矢島にたずねる。

「で、これから、どうするんだ？」

矢島は全力疾走して乱れた髪を撫《な》で上げると、ちょっと肩を回しながら言う。

「それじゃ、今夜のうちにちょっと行って挨拶《あいさつ》してくるか」

「おい、行くって、どこにだ？」

いきなり矢島が表通りに向かって歩き出したので、訳のわからない慶仁があとに続きながら訊く。

「決まってるだろう。吉原会の遠藤組だ」

「どういうことだ？」

慶仁の問いかけに、矢島は足を止めてこちらを振り返る。

「わからないのか。これで、親父と俺を狙ったのは身内じゃないってことがはっきりした。十中八九、吉原会系の奴らだ。それも下っ端だろうな。おそらく、上からの命令じゃない」

ますます慶仁には意味がわからない。首を傾げたままの慶仁に、矢島が大通りを早足で歩きながら言う。

「親父を狙った奴と、俺を狙った奴が同じ格好だったと言ったな。本気で命を取る気なら、以前しくじったときと同じ格好でノコノコやってくるもんか。要するに、狙われていることを自覚させて、危機感を煽《あお》ってるのさ」

「危機感を煽る？　そんなことをしてなんになる？」

前を歩いていた矢島が振り返ると、ちょっと呆れたように慶仁を見る。

「あんた、金の計算には聡《さと》いが、人間関係についてはかなり疎いよな。やっぱり、上に立たなくて正解だ」

そんなことは自分でもわかっているから、最初から慶次郎にそう言ったのだ。だが、あらためて矢島に言われるとムッとしてその顔を睨みつける。

「桂は今新しい体制になったばかりで、まだ内部にはごたつきもある。入れ札という一見公正なやり方での跡目決めだったが、当然ながら不満を持つ者や遺恨を感じている連中もいる。そんな中で大間の親父や俺が狙われれば、疑いの目は外部の敵よりも内部の者に向く」

確かに、大間が最初に疑ったのは慶仁のことだったし、その慶仁も東海の辻本を疑ったのは事実だ。

「桂の中で揉《も》め事が起きれば、外の連中は大喜びだ。万一、桂が分裂でもしてその勢力を半分にすることができたら、また自分たちがシマを取り返す芽も出てくるというもんだ」

矢島の言うとおり、これだけ分家化が進んでいながら桂ほどその結束力が強い組織はない。ひとえに慶次郎の力ゆえのことだったから、大間が跡目を取った今こそ一枚岩にヒビを入れることが可能と考える者がいても不思議ではない。

「だが、なんで遠藤組なんだ？　例の拳銃の密輸については、山下とかいう刑事の話は信用できないと言ってたんじゃないのか？」

「信用しないとは言ってない。裏を取る必要はあるとは思ったがね。それに、奴はあんな惚《ほう》けた面でいて、あんたの言うとおり案外曲者《くせもの》でね。たいてい大切なことは一つ二つ伏せてリークしてくる」

「それで、裏を取ったのか？」

矢島は大通りで一旦足を止めると、慶仁が分室に詰めている間に調べたことを話す。

遠藤組の下っ端が一人、ロシアから個人的に拳銃を密輸して捕まったのは事実だった。だが、その男はそれ以前にも何度かロシアと日本を行き来していた。片言のロシア語ができるので、向こうから女を連れてきては宮嶋の息のかかったクラブに送り込んでいる。

「だが、この間も山下に情報を流してやったように、俺は意図的に宮嶋を潰しにかかっている。遠藤組のようにさっさと地方に逃げ込めば可愛げもあるが、宮嶋はなかなかしぶとくて目障りなんでな」

そこからが話のややこしいところで、矢島が個人的に飼っている情報屋からの話だった。

「俺が聞いたところによると、警察が捕まえた遠藤組の奴はもともと宮嶋のところで世話になっていた男だ。だから、ロシア人ホステスをスカウトしてくるだけでなく、他のものも一緒に仕入れてこいと言われたら、断ることはできないだろう」

どうやら、ロシアに出かけるたびになんらかの方法で拳銃を密輸しては、宮嶋組に流していたらしい。そして、宮嶋には武器を調達しなければならない理由があった。つまり、機会をうかがって桂と戦争をする心積もりだったということだ。

遠藤のように都心を追われてたまるかという思いが宮嶋には強い。そんな彼らにとって今回の代替わりは、まさに千載一遇のチャンスだった。まずは大間を狙い、Ｎｏ．２の矢島を狙う。命を取れればそれでいい。失敗したとしても、組織内に疑心暗鬼が生まれ、これまでの固い一枚岩に亀裂が入り、内部抗争でも勃発しようものなら、まさに宮嶋組の狙いどおりということになる。

「なるほど。確かに、考えられる線だが、間違いはないのか？」

慶仁が冷静になって問いただすと、矢島は大通りでタクシーを停めて言う。

「だから、それを確かめに遠藤のところへ行くんだよ」

止まったタクシーに乗り込むと、矢島はなぜか自分のマンションの住所を告げる。てっきりこのまま乗り込む気かと思ったが、さすがにそこまで無鉄砲ではなかったようだ。

ところが、マンションには自分の車に乗り換えるために戻っただけだった。すぐに地下駐車場で愛車のアルファロメオ8Cに乗り込むと、慶仁にもさっさと助手席に乗れと言う。

「車は乗らない主義だと思ったが、こんな高級車を所有しているのか。大間組はずいぶんと羽振りがよかったようだな」

助手席に座りシートベルトを締めた慶仁が言うと、矢島はエンジンをかけながら笑う。

「大間とは関係ない。以前ちょっとつき合いのあった女から手切れ金代わりにもらったもんだ。売っぱらってもいいんだが、こういうときには足があると便利なんで、普段は駐車場で寝かせているだけだ」

ちょっとつき合いがあっただけで、手切れ金に二千万以上の車をくれる女というのはどういう女なんだと訊きたい気もしたが、そんなことはこの際どうでもいい。

東京《とうきょう》のシマを追われた遠藤組は千葉《ちば》との県境に事務所を構えているので、車でも三十分ほどかかる。さすがにタクシーで出向くよりは自分の車を飛ばしていったほうが何かと便利には違いない。だが、矢島はどこまで本気なんだろう。

「おい、このまま遠藤組に乗り込む気か？」

慶仁は丸腰だし、矢島もそのはずだ。そんな状態で敵対する組に乗り込んでいくのはあまりにも無謀だと思う。慶仁はもはや失うものもないし、不測の事態が起きようとも構わない。だが、将来のある矢島のことを考えると止めるべきだが、よけいな口出しができる立場でもない。

「なんだよ。言いたいことがあるなら、言ってみな」

　複雑な慶仁の表情を読んだように、矢島が巧みにハンドルを切りながら言う。促されても、正直に胸の内を言えるわけもないし、心配しているなどと思われたらそれもいやだ。

「べつに言いたいことなどない。ただ、せっかくそこまでの地位に上りつめたのに、ここで命を落としても後悔はないのか？　俺にはおまえという男が、やっぱりよくわからない」

　矢島は夜の首都高速をかなりのスピードで飛ばし、遅い車を次々に抜いて走行車線の先頭に立つと少しアクセルを緩める。

「そうだな。後悔があるといえばあるかもしれないし、ないと言えばないだろうしな」

　釈然としない矢島の態度を見ていて、慶仁はふと思い立ったようになぜ彼がこの世界に入ったのかをたずねた。慶仁の問いに、矢島は小さく肩を竦《すく》めてみせると言う。

「大学を卒業して、さてどうしようかと思っていたところで、大間の親父にスカウトされて入っただけだ」

「嘘を言うな。大学を卒業したあと、数年のブランクがあるだろうが。人事部のファイルだと、一流企業に就職しているじゃないか」

　にもかかわらず、数ヶ月後には辞めている。そして、数年後に矢島は桂の盃を受けているのだ。慶仁は矢島の過去に興味がある。だが、当の本人はその当時のことをあまり思い出したくないようだった。

「聞いても、さほどおもしろい話でもないぜ。組の連中の多くが中学や高校でぐれて、この業界に入ってきているのかもしれないが、俺はそれが遅かっただけだ。大学でぐれて、今ここにいるってだけのことでね」

それだけ言って矢島は口を閉じてしまった。だが、遠藤の事務所まではまだしばらくある。慶仁はそこで会話を終わらせようとはしなかった。

「大学でぐれながらちゃんと卒業して就職までして、あげくにヤクザに転身か？　いよいよ変わった男だな」

わざと呆れたように言ってやると、矢島はムッとしたようにこちらを見る。いつも気持ちを逆撫でされているこの男にそういう顔をさせるのは案外気分がよくて、慶仁はさらに言葉を続けた。

「人と同じことはしたくないとか、そういう温い考えか？　まぁ、そういう連中も組にはいるにはいるな。だが、そんな輩《やから》が本家にきていたら、先代に訊くまでもなく俺が三日で除名処分にしていただろうけどな」

「俺がこの世界に入ってラッキーだと思ったのは、大間の親父に拾われたことだ。他のどこの組でもやっていけなかったと思う。それだけは認めるね」

意外にも殊勝に自分のことを語るので、慶仁がもう一度その理由を訊いた。

「なんで、組織に入った？　女を口説く才能は相当なものだと思うが、べつにそれがなにより好きとも思えない。おまえくらいの能力があれば、一般社会でも充分にやっていけただろう」

「いや、そうでもないんだな。結局、この世は犯罪者には冷たいもんさ」

「犯罪者……？」

その一言で、てっきり矢島が大学在籍中に馬鹿げた傷害事件でも起こしたのかと思ったが、そうではなかった。

「あんた、本気で俺が組に入った理由が聞きたいと思ってんのか？　話してやってもいいが、そのかわりあんたも本家にきた理由をちゃんと言うのかよ？」

そんなふうに言われたら、正直言葉につまる。

「俺は……」

困惑している慶仁を見ると、矢島はふっと表情を緩めてみせる。

「冗談だ。そうまともに受け取るなよ。それに、俺が組に入った理由なんかたいしたことじゃない」

「だったら、言ってみろよ」

このとき、何を血迷ったのか、慶仁は運転する矢島の膝《ひざ》に手を置いていた。そんな思いがけない行動に一瞬こちらを見て目を見開いていた矢島だったが、すぐに前を向くといつものしたたかな笑みを浮かべて言う。

「そのまま、その手をもっと上まで持ってきてしごいてくれると助かるんだけどな。しばらくあんたを抱いてないんで、溜まって……」

慶仁はみなまでを言わせないで、矢島の膝から自分の手をどけた。

「冗談だ。さすがに運転中は無理だ。それに、とりあえずこの件にカタがつくまでは自重すると決めている」

「どうせなら、俺が組を抜けるまで自重していてくれ」

そんな慶仁の言い草に肩を竦めてみせると、矢島は記憶の中の過去を振り返るように少し遠い目をしてみせる。

「あの当時、俺は大学を卒業し希望の企業に就職して、将来に不安なんか何もなかった。ところが、企業の研修期間中にちょっとした問題が起きちまってね。そのせいで俺の人生は一変した」

「問題というと？」

「父親の逮捕だ。政治家への贈賄罪《ぞうわい》でね」

思いがけない告白に、慶仁は言葉を失ったまま矢島の横顔を凝視した。

矢島の父親は、南関東一円に多くの支店を持つ大手ゼネコンの取締役だった。そのため、幼少の頃から比較的恵まれた環境で生活してきたが、父親の逮捕は彼の人生にも当然ながら大きな影響を及ぼした。矢島を採用した企業は、研修期間を終えたあとも正式採用を出さなかったのだ。それは矢島にとって、厳しくも辛《つら》い現実だった。

「当時は、新聞や週刊誌で俺の父親のことがしょっちゅう出てたんでね。地元の大物政治家との癒着《ゆちゃく》についてあることないこと書き立てられ、金でどれだけの利権を買ったのかとそりゃ呆れるくらいの叩かれっぷりだった。世論ってのは誰でもいいから共通の敵を見つけて、徹底的に貶《おとし》めるのが楽しくてしょうがないらしい。もっとも、餌食《えじき》になる奴が馬鹿なのかもしれないがな」

「父親の罪はともかく、それで採用が取り消しになるのか？」

世間体や心情を考えるとありうるのかもしれないが、理不尽といえば理不尽な話だ。

「訴える手もあったが、手続きが結構面倒なうえ、金もかかるんでやめておいた」

父親が逮捕されて周囲にいた関係者は蜘蛛《くも》の子を散らすようにいなくなり、母子家庭状態になった矢島の家に裁判を起こすほどの余裕はなかったという。

「父親を恨んだだろう？」

「なんでだ？　俺に恨む筋合いなんかないだろう。そうやって父親が稼いできた金で、のうのうと大学まで出て平穏に暮らしてきたんだからな」

普通なら父親のせいで自分の一生が台無しにされたと愚痴の一つも言うだろうに、矢島という男はそういうところが妙にさばけた考えの持ち主だった。

「俺はいいんだよ。男だから、どんな状況でもやっていける。だが、母親はやっぱりきつかったみたいでね」

矢島の母親は「犯罪者の妻」という汚名に耐え切れず、まだ裁判の終わらない父親に離婚届けを突きつけて、逃げるように実家のある地方の街に引っ込んでしまった。

「心細かったと思う。最後まで俺にも一緒にきてほしいと言っていたからな。でも、俺にはできなかった。それをしたら、父親があまりにも哀れな気がしてな」

それから、矢島の東京での独り暮らしが始まった。バイトに明け暮れて、アパートの家賃とその日の食事代を稼ぐのが精一杯の毎日だった。もしかしたら、自分は死ぬまでこんなふうに生きていくのかもしれない。そんな投げやりな気持ちで日々を生きていたが、バイト帰りの繁華街でたまたま喧嘩《けんか》の仲裁に入ったところ、声をかけてきたのが大間だったという。

「当時はいろいろ鬱積《うっせき》したもんがあって、暴れたいだけだった。だから、喧嘩の仲裁というより、憂さ晴らしに両方ともを殴り飛ばしただけなんだがな」

道を歩いていたらすぐそばで揉み合いをしていて、殴られた男が倒れ込みながら矢島にぶつかってきた。たったそれだけのことで、ずっと辛抱していた不満が爆発したように矢島は暴れまくったらしい。

喧嘩していた連中のどちらもが矢島に叩きのめされて地面に転がる頃、そばを通りかかった大間が声をかけてきた。

『ずいぶんと威勢がいいな。どっかの組のもんか?』

もちろん、素人の矢島は組など関係ないと言い捨てた。だが、そこへ警察が駆けつけてくるのに気づいた大間は、咄嗟《とっさ》に矢島を近くに停めてあった自分の車に引き込んで、その場から連れ去ってくれたというのだ。

　あのままあそこにいたら喧嘩の仲裁どころか、傷害事件で現行犯逮捕されていたかもしれない。大間の機転のお陰で救われた矢島は、それからちょくちょく呼び出されては食事や酒を奢《おご》られて、身の上話などもするようになっていた。

「あの頃は、大間の親父がヤクザだとか、あんまり意識してなかったな。なんか世の中の面倒に思っていることを話せる相手って感じだった。多分、実の父親の代わりのような気がしていたのかもしれない。でも、俺は親父のおかげでずいぶん精神的にも救われたと思う」

　だから、組の盃を受けて自分のために働いてくれないかと言われたとき、矢島はそういう人生もあるかもしれないと思い、大間組に自分の命をあずけることにしたというのだ。

「そんなわけで、ぐれるのが普通より遅かった俺は毛色が違って見えるかもしれないが、中身は他の連中とたいして変わらない。むしろ、大間の親父には甘やかされてきたから、他の分家の筋の通った連中から見れば、面倒でややこしい存在なんだろう。そういう意味ではあんたと少しばかり似たところがあるかもな」

　そう言ったあと、矢島は自分で苦笑を漏らして「こう言うと、あんたは不本意だろうけど」とつけ加えた。

　不本意だとは思わなかった。実は矢島の話を聞いていていて、台湾《たいわん》で慶次郎に初めて会った日の自分を思い出していた。世の中には自分をどこかへと導く出会いがあるものだ。矢島もまた大間とそういう出会いをしたということだ。

組織の中にいる誰かに親近感を抱くことなどなかった。慶仁はあまりにも他の連中と違っていたし、慶次郎への特別な思いもあったから。けれど、矢島の話を聞いた今、初めて何か心がぐらつくのを感じていた。

この男もまた家族を失い、大間という命をあずけてもいいと思える人間に出会ったのだ。そう思うと、彼があの日、パソコンの遺言を消した気持ちがあらためて理解できるような気がした。慶仁だって、それが慶次郎のためになると思ったなら、社会の規範ばかりか組織の掟を破ることさえやぶさかではなかっただろう。

「ずっとおまえという男がわからなかった。でも、今は少しだけわかったような気がする……」

慶仁が呟くように言うと、隣に座っていた矢島はちょっと頬を緩めてから頷いていた。

◆◆

遠藤組の事務所は住所こそ東京とついているものの、ほとんど千葉に近い。駅前の雑居ビルもどこかうらぶれた感じがして、勢力争いに敗れた組織の末路をこの目で確かめる思いだった。

「本当に行く気か？　いくら落ちぶれたとはいえ、恨みの多い桂の人間を揉み手で迎えてくれるとは思わないがな」

車を近くに停めて事務所の前までやってきたとき慶仁があらためて訊くと、矢島は不敵な表情になって軽く鼻を鳴らす。

「遠藤はもう牙《きば》を抜かれた獣だ。それでもこの世界で生き残りたいと思うなら、誰におもねるべきか、それくらいわかっているはずだ」

まだ推測の域を出ない段階で宮嶋にカチコミをかけるよりも、遠藤を揺さぶって真犯人を特定するほうが確かに賢いとは思う。それに、遠藤が宮嶋の人間を桂に売ったとなれば、もとより結束力に問題のある吉原会は完全な分裂状態になるだろう。

「相手から仕掛けてきたことだ。だったら、こっちもその気で切り返してやるまでだ」

このとき、矢島は女を口説いているときとはまるで違う、命知らずの悪党の顔つきになっていた。だが、女たちに見せる甘い顔よりは、慶仁は矢島のこういう顔のほうがいい。開き直ったようなずる賢さがこの男には似合っている。でも、その奥にあるのは、なぜか慶次郎に似た温もりなのだ。

「あんた、荒事は苦手だろう。なんなら、ここで待ってな。十分ほどで話をつけてくるからよ」

遠藤の事務所に入る前に、矢島が慶仁に言った。馬鹿にしているのかと思ったが、どうやら本気で言っていると気づきよけいに頭にきた。慶仁は矢島を押しのけるようにして、自らノックもなしに遠藤の事務所の扉を開けた。

「おい、少し邪魔をするぞ」

いきなりの見知らぬ来客に、事務所の中にいた数人の男たちがぎょっとしたように表情を強《こわ》張《ば》らせる。が、すぐに座っていたソファから立ち上がり、いっせいに慶仁に向かって下卑た言葉を投げてくる。

「おいおい、何者だ？　ここをどこだと思ってんだ？」

「えらく面のいい兄ちゃんだが、うちは芸能関係の商売はやってねぇよ」

「それとも、誰かホモのデリヘルでも頼んだかぁ？」

慶仁の容姿を見て、そんなからかいの言葉が飛び交って笑いが起こる。慶仁は顔色一つ変えずにそばにあった事務用の椅子を蹴《け》り飛ばすと、男たちを睨みつけて言った。

「遠藤はいるか？　話がある」

慶仁の態度と組長を呼び捨てにしたことで、俄然《がぜん》男たちは色めきたった。

「こらぁ、嘗《な》めてんのかぁ？　おまえみたいなのがうちの組長に何の用があるってぇんだっ？」

男の一人はそう言うなり慶仁の胸ぐらをつかみにかかろうとする。だが、その手を払って足を引っ掛けてやると、男はおもしろいように床に転んだ。ついでだから、そいつの背中を踏みつけてもう一度言う。

「雑魚《ざこ》に用はない。遠藤はどこだ？」

「ふざけるなっ。てめぇっ」

今度は二、三人がまとめて飛び掛かってこようとした。まともに相手をしては勝ち目はないと思い、慶仁が素早くスーツの内側に手を突っ込む。それだけで周囲の動きがピタリと止まった。さすがに、業界の人間だけあって、その動作だけで拳銃が飛び出してくることを想像したのだろう。

だが、実際は慶仁の内ポケットには何も入っていない。そして、全員の動きが固まっているところに、今度は矢島がゆっくりと姿を現した。さっさと入ってくればいいものを、慶仁がどんなふうに啖呵《たんか》を切るのか見届けてからおもむろに出てくるようないやらしい男なのだ。

「や、矢島っ」

ずっと本家にいて慶次郎の秘書をしてきた慶仁のことは知らなくても、矢島の顔はさすがに遠藤組ではよく売れているようだった。

「よぉ、久しぶりだな。俺の新しい舎弟を紹介しようと思って、ちょっと寄らせてもらったぜ」

矢島の言葉を聞いて、あらためて愕然《がくぜん》としたように慶仁の顔を見る。慶仁は踏みつけていた男の背から足を下ろすと、矢島のすぐそばに立った。

「ふざけんなっ。そんな役者みたいな面の野郎を連れて、いい気になってんじゃねぇぞっ」

刑事の山下にも同じようなことを言われたが、どうしてどいつもこいつも人の顔のことに文句をつけてくるのだろう。慶仁は山下にも言った台詞《せりふ》をここでも言おうとしたが、それを矢島が止めて自分の頬を軽く叩いてみせる。

「わかってない奴らだな。これからはヤクザもここ、顔の時代なんだよ。だから、おまえらの組は冷や飯を喰う羽目になってんだ」

そう言うと、遠藤組の連中の顔を一人一人確認するように見て、わざとらしく嘆息していた。矢島の言葉に呆れすぎて返す言葉もない様子だったが、このまま言わせてばかりおくものかと一人の男が怒鳴りながら矢島に襲いかかってくる。

その男の拳を片手で受けとめると、さっと相手の手首を持って捻り上げる。男は簡単にくるりと背を向ける格好になり、捻られた腕の痛みに呻《うめ》いていた。

「で、遠藤はどこだ？」

矢島が訊いたが、誰も返事をしない。とそのとき、隣の部屋から当の遠藤が出てきた。

「なんだ、騒がしいな。何事だ？」

事務所が騒々しいのでふらりと部屋から出てきた遠藤だが、矢島の顔を見るなりムッとしたように眉間《みけん》に皺《しわ》を寄せる。まだ五十前だと聞いているが、それより老けて見えるのは額の部分の髪がずいぶんと後退しているからだろう。それに白髪も多く、苦虫を嚙《か》み潰したような顔があまりにも似合っていて、それが地顔なのかと思うくらいだ。

そんな遠藤は矢島に向かって唸《うな》るような声で言った。

「大間のところの若造じゃねえか。てめぇ、なんの用だ?」

「相変わらずの渋面だな」

「おまえが俺にこんな顔をさせている張本人だろうがっ」

遠藤が吐き捨てるように言ったので、矢島はもっともだと頷きながら笑みを漏らす。

「だろうな。あんまり見ていたくない顔だってことはわかっているから、さっさと用件をすませることにするか。ちょっとあんたに教えてもらいたいことがある」

「おまえに教えることなんかないな。とっとと帰れ」

取りつく島もない遠藤だったが、矢島はそれも予測のうちだったのか小さく肩を竦めてみせる。

「帰れと言われて帰ってちゃ、ガキの使いと同じだ。まぁ、聞けよ。あんたの組もずいぶんと喰いつめているようじゃないか」

自分の組の現状を指摘されて思わずいきりたちそうになっていた遠藤を宥め、矢島は言葉を続ける。

「ああ、わかってるって。確かに、うちがシマから追い立てたのは事実だ。そこでだ、ことと場合によっちゃ都内のシマを返してやってもいいぜ。もちろん、元どおりとはいかないが、ここでシマを張ってるよりはいいだろうよ」

いきなり持ち出されたシマの話に、遠藤の目の色が少し変わった。しばらくの沈黙のあと遠藤はゆっくりと煙草《たばこ》を取り出すと、それを口に銜《くわ》える。すぐさま横から火を差し出されて、大きく一服すると訊いた。

「で、教えてほしいことってのはなんだ?」

さっそく矢島の誘いに喰いついてきたようだ。

「この間、銃の密輸で捕まった奴がいるだろう。そいつが懇意にしていた宮嶋組の人間は誰だ?」

矢島が単刀直入に訊いた途端、周囲がざわつく。遠藤もまたきつい視線を投げてくる。だが、矢島は怯《ひる》まなかった。

「うちの組長が命を狙われた噂くらいは耳にしているな? ついでに、ついさっき俺も危うく鉛弾を喰らうところだった」

「チィッ。だったら、死んでくれていたらよかったのにな。で、それが宮嶋のところのもんの仕業だと? 馬鹿馬鹿しい」

遠藤は煙草の煙を吐きながら、笑い飛ばしてみせる。本当に関係がないのか、ただしらばっくれているだけなのかはわからないが、矢島はさらに突っ込んでいく。

「そうか？　だがな、こっちもある程度の情報は持っているから、ここまで足を運んでいるんだ。俺を、いや柱を嘗めるなよ」

ちょっといい話を耳打ちするような声色から一変して、矢島は遠藤を完全に威嚇《いかく》している。自分より若い矢島に呑まれまいとしている遠藤だが、年齢ではなく業界の中での「格」がすでに違っていた。

「うちと宮嶋は同じ吉原会の看板を挙げているが、シノギも違えばやり方や考え方も違う。互いの組については、口出しはしないでやってきた。あっちの事情なんか知ったこっちゃないんだよ」

「だが、ロシアと日本を行き来していた奴は、もともとは宮嶋組のもんだった。あんたが宮嶋に頼まれて、引き取ったって聞いてるぜ」

警察が拳銃の密輸で引っ張った奴は、ロシア人ホステスのスカウトとしては優秀だったが、商売道具である女に入れあげて手を出したあげく、組の金を使い込んだ。当然破門になるところだが、男のスカウトの腕は惜しい。そこで、同じ吉原会の遠藤組にあずける形にして、これまでどおりの仕事をさせていたのだ。それでいて、遠藤が宮嶋組の事情など知らぬ存ぜぬでは通らないだろうと言われ、さすがに返す言葉に困っているようだった。

遠藤は短くなった煙草を近くの灰皿に押しつけて消すと、ソファにどっかと腰を下ろして天井を仰いで大きな吐息を漏らす。

「おい、若造。俺に宮嶋を売れってぇのか？」

要するに、矢島の言っていることはそういうことだ。矢島は小さく頬を緩めてから言った。

「後始末はこっちでやる。あんたはそいつの名前だけをくれればいい」

「同じだろうがっ。この俺を裏切り者にするということだ」

「同じじゃない。これは吉原会にとっての分岐点だ。宮嶋を潰してでも遠藤が生き残るか、あるいは……」

「あるいは、なんだよ？」

ふて腐れたように訊く遠藤に矢島が例の悪党の面構えになって言う。

「宮嶋と遠藤が、もろとも桂に叩き潰されるかだ」

桂の実質Ｎｏ．２となった今の矢島には、その力があることは誰もが知っている。遠藤に選択の余地はない。遠藤がその決意をする間、周囲にいた連中もまた息を詰めて待っていた。が、やがて一人がたまらず声を上げる。

「親父さん……っ」

どちらの決断を促す呼びかけだったかはわからない。だが、遠藤の心は決まったようだ。ソファに座ったままチラッと矢島のほうを見ると、片手で自分の額を押さえながら言った。

「久本《ひさもと》という男だ。宮嶋の指示だろうが、実行犯はそいつに間違いない」

緊張のやりとりが終わった。周囲の連中はこれで吉原会も終わりだという思いと、少なくとも遠藤組だけは生き残れるという安堵《あんど》で、誰もが複雑な表情を浮かべている。

そんな中、遠藤がふと思い出したように慶仁のことを見た。

「おい、そこの役者みたいなの。おまえ、確か先代の稚児と言われていた奴じゃないのか？」

その言葉に、皆がハッとしたように慶仁を見た。他の下っ端連中とは違い、遠藤はどこかで慶次郎と慶仁が一緒のところを見かけていたようだ。そして、あれこれとあらぬ噂《うわさ》を耳にしていたのだろう。気が抜けた拍子に、慶仁のことについてそんな言葉が漏れてしまったのかもしれない。

なんだかいまさらのような気もしたが、遠藤の言葉になんて答えるのか矢島までがその反応をうかがっている。自分の目的は果たしたので、あとのことはただの興味本位でしかないのだろう。そんな矢島に対して慶仁にもささやかな意地があった。だから、開き直ったように言ってやった。

「桂の先代の稚児ですって？　それは、馬鹿げた誤解ですね。俺は、桂慶次郎の息子ですよ。慶仁の『慶』の字は父からもらった一文字ですから」

その瞬間に周囲が固まっていた。矢島も一緒に目を見開いていた。そんな連中を尻目に慶仁は、一人で先に事務所を出ていく。

自分は桂慶次郎という男の息子になるために、この世に生を受けたのだ。それでいい。それで何も後悔はなかった。

帰りは慶仁がアルファロメオのハンドルを握った。都内に戻る途中に矢島は本家に連絡を入れて、今回の黒幕の名前を大間に告げていた。大間の下ですぐに動ける人間はいくらでもいる。あとはその連中にまかせておけばいい。矢島は大間から与えられた使命を果たし、これで慶仁への疑いも晴れて、ようやく除籍届けを受けとってもらえる条件が整ったということだ。

そして、携帯電話をスーツの内ポケットに入れると、ゆっくりと助手席の背もたれに体をあずけて、運転している慶仁を見る。

「それにしても、あんた、思ったより気が短いな。丸腰のくせにたいした暴れっぷりで、正直驚いたぞ」

矢島は遠藤の事務所に入っていったときの慶仁を思い出し、苦笑を漏らしている。だが、本当に驚いたのはそんなことではないはずだ。またしばらく沈黙が続いたが、先に口を開いたのはやっぱり矢島のほうからだった。

「なぁ、あんたが先代の息子ってのは、本当なのか?」

さっきまでとは違って、矢島には珍しく真剣な口調だった。これ以上の嘘はいらないと、慶仁の横顔を見つめる彼の目が言っていた。

　本当は墓場まで持っていくつもりの真実だった。けれど、あのときなぜかこの口からスルリとこぼれ落ちてしまった言葉だった。

　遠藤に「先代の稚児」と言われたことが悔しかったからじゃない。そんなことよりも、自分という人間をはっきりさせなければ、この先どうやって生きていけばいいのかわからないままのような気がしたのだ。だから、慶仁はもう自分を偽ることをやめようと思った。

　そうして、帰りの車の中では慶仁が自分の過去を矢島に語る番だった。

「嘘を言ったつもりはない。俺は実子ではないが、桂慶次郎は日本の父親だった」

「日本の父親？　どういう意味だ？」

「彼が俺を日本に連れてきて教育をしてくれた。俺に生きていく術《すべ》を教えてくれた。台湾の農村で、教育さえもまともに受けられないまま、貧困という泥にまみれて生きていくしかなかった子どもを救ってくれたのは彼だ。もっとも、そんな義父にも心の隙間を埋めるものが必要だった。だから、俺は彼のそばにいることを誓い、組に入ったんだ」

　慶仁の言葉を聞いても矢島はさっぱり訳がわからないとばかり、首を何度も横に振る。

「ちょ、ちょっと待てよ。台湾？　日本に連れてきたってなんだよ、それ。さっぱり話が見えない……」

　切れ者の矢島も、さすがに突拍子もない言葉が次々と飛び出してきて、本当に困惑している様子だった。そんな彼を見ただけでも、とりあえず慶仁にしてみればいくばくかの溜飲が下がる思いだった。

だが、それで満足しているわけにもいかない。話すと決めたなら、もはや誤解のないようにきちんと真実を伝えなければならなかった。だから、慶仁は己の生い立ちと慶次郎との出会い、そして日本にきてからの生活を包み隠さず矢島に話して聞かせた。

ただ、一つだけはっきりとしておかなければならないことは、慶仁の義母である浅黄由布子《あさぎゆうこ》と桂慶次郎の関係だった。

「慶次郎は妻と子どもを愛していた。だが、浅黄由布子という女性は、彼にとって特別な存在だった。そういう女性に育てられた俺だから、今は胸を張って桂慶次郎の息子だったと言えると思う」

半ば呆然《ぼうぜん》として慶仁の話を聞いていた矢島だったが、しばらくしてポツリとこぼした。

「あんた、台湾人だったのか……」

「そんなことが何か問題か？」

慶仁が唇の端に笑みを浮かべながら訊くと、矢島はそうじゃないと首を横に振る。

「先代の家族のことはあまり聞いたことがなかったから、少し驚いただけだ」

「当然だ。義父は亡くなった妻子のことは組織の中でも、ごくわずかな幹部にしか伝えていない。多くの者は台湾に里帰りしたときに、交通事故に遭って亡くなったという表向きの理由を今でも信じている。ましてや、その墓参りの帰りに俺のような子どもを拾ってきたことなど、組織の誰にも告げてはいなかったからな」

同時に浅黄由布子の存在を組の幹部にも秘密にしてきたのは、彼女が自分を恨む者から狙われることのないようにという配慮からだった。それで妻子を亡くしている慶次郎は、その点については徹底して慎重に行動していた。そして、そんな彼女に経済援助をして養子を取らせていたことが周囲の者に知られれば、将来の跡目相続の大きな懸案となる。

慶次郎もまた組織内での慶仁に対する中傷や陰口は耳にしていたと思うが、それでもあえて真実を周囲に語らなかったのは、そうすることによって由布子や慶仁の身を守るためでもあったのだ。

「あんた、日本にきて後悔してないのか？」

「そんなもの、したことはないな。俺は日本にきて、自分の生きる道を義父に与えられた。それだけじゃない。おまえの言ったとおりだ」

「俺が言った……？」

「犯罪者の父親がいても、自分は男だから耐えられる。でも、母親は無理だと話していただろう。俺は日本で言葉だけでなく、多くのことを学ばなければならなかった。もちろん、辛いことはたくさんあった。でも、俺は男だから耐えられる。それで、台湾の母親や姉が無事に暮らしていけるのなら、それ以上の望みはなかったんだ」

三十年近く前、台湾の地方の農村がいかに貧しかったかなど、矢島には想像もできないのだろう。すっかり黙り込んだ彼だったが、また思い出したように問いかけてくる。

「先代のことは……」

言いかけて、そのまま彼の声が消えていった。訊きたいことはわかっている。だから、慶仁のほうから答えてやった。

「ああ、愛していたよ。ただし、彼との間にあったのは親子の情愛だ。もちろん、慶次郎は妻と子どもを大切にしていたし、深く慈しんでいた。けれど、彼がその身を焦がすほどに愛したのはたった一人、俺の義母である浅黄由布子だけだ」

最後まで肉体関係を持つこともなかった女を愛して、遺言で骨だけでも寄り添わせてほしいと言った慶次郎だった。そして、慶仁は彼にとって、まさに叶《かな》わない夢であったはずの由布子との間に育んだ子どもだったのだ。

すべてを聞き終えて矢島は、自分の額を手のひらで押さえ込む。いつになく困惑した彼を見ていると、真実を話して聞かせることが本当によかったのだろうかと考えてしまう。かえって彼を悩ませてしまっただけかもしれない。

矢島は額に当てていた手で拳を作ると、今度はそれで強く自分の膝を打つ。

「だとしたら、俺はあんたに何をしていたんだろうな……」

矢島が唸るように漏らした言葉の意味はわからない。けれど、もう何もかも話してしまった言葉は取り返すことはできなかった。

やがて車は都心を駆け抜けて、矢島のマンションの前までやってきた。地下の駐車場に入れると、慶仁は車から降りてキーを矢島に渡す。

とにかく、今夜は疲れた。ここからはタクシーを使ってさっさと自分の部屋に戻りたい。だが、キーを受け取った矢島は、そのまま慶仁の二の腕をつかんで自分の胸元に抱き寄せようとする。

「おい、何をするつもりだ？」

そう言ってから、矢島の顔を見上げて、馬鹿なことを訊いたと後悔した。

「この件のカタがつくまでは辛抱すると言っただろう。だが、もう終わった。今夜は帰すつもりはないからな」

「そ、そんな……」

抵抗の素振りは見せたものの、矢島の言葉に慶仁の背筋がゾクッと震えた。嫌悪じゃない。これは、飢えだ。そうとわかったから、慶仁は本気で逃げ出したかった。地下駐車場からエレベーターに向かう途中で、まるで苛《いじ》められている子どものように矢島に訴えた。

「もう許してもらえないか。他にできることなら、なんでもするから……」

「他にできること？　それって、何があるんだよ？」

矢島がいつものふてぶてしい顔で問いかけるので、金がいるなら慶次郎の遺産をくれてやる

と言った。もうそれくらいしか慶仁にできることはない。そして、彼のあずかりになっている

「除籍届け」を、速やかに大間に上げて承認してもらえるのなら、他に望むことなど慶仁にはなかった。

するとと、矢島はエレベーターを待ちながら駐車場の壁を拳で叩くと、なんともやるせない声色でたずねる。

「組を抜けて、この先もずっと先代を思いながら生きていこうってのか？　それは、日本人としてか？　それとも、台湾人としてかよ？」

「どちらでもない。『浅黄慶仁』という一人の人間としてだ」

そう言った慶仁の顔をじっと見つめ、矢島が訊いた。

「なぁ、一人で生きていけるのか？　誰の手もなくて、一人で震えていて何になるんだよ。それは、自分で自分を哀れんでいるだけだろう。人の手を求める勇気のない奴のほうが、よっぽど臆病者だってことに気づいてくれよ」

いつもは傲慢《ごうまん》な上からの物言いなのに、このときばかりは懇願するように言う矢島だった。そして、まるで彼自身が救いの手を求めるように、慶仁の体に身を寄せ、額を肩に押しつけてくる。

「行くなよ。どこにも行くな。桂があんたの居場所なんだよ。先代があんたのために用意してくれた場所じゃないのかよ？」

矢島の言葉にハッとして、一瞬自分の中に迷いの心が生じる。

(自分の居場所……？　桂が……？)

先代が生きている頃には考えもしなかったことだが、もしかしてそうなのだろうか。慶仁は矢島に抱き締められたまま、桂で生きてきた自分の人生を思い返す。ただ、慶次郎のためを思ってやってきたことだが、それは桂のためでもあり、そこに自分の居場所があるということだろうか。

「でも、どうせ一人だから。もう俺には誰もいないから……」

慶次郎のように心から信頼して、愛する人がそこにはいない。

「俺がいるだろう。桂もあんたを必要としてるけど、それよりも俺が、俺自身があんたを必要なんだ。だから、あの日、約束しただろ。ずっとあんたのそばにいるって。あんたを苦しめるものから守ってやるって」

「う、嘘……だ」

慶仁は矢島の顔を見てから、ふっと視線を伏せて呟いた。

「だって、おまえがずっと俺を苦しめていたんじゃないか。ひどい真似ばかりして、恥ずかしいことばかりを強いて……。そんなおまえの言葉なんか信じられるものか」

「それは、悪かったと思っている。その、やっぱり先代のことがあったから……。でも、しょうがないだろう。どこからどう探っても、あんたから出てくるのは先代を思う言葉ばかりだ。

義理とはいえ親子と知らなければ、どうしても疑ってしまう」

「何もないことくらい、最初に抱いたときにわかっただろうがっ」

「それでも、嫉妬《しっと》の気持ちは抑えられなかった。俺はあんたの体だけじゃなくて、その心も全部ほしかったから」

矢島の言葉が、まるで柔らかい棘《とげ》のように慶仁の心に刺さる。

「なんでだろうな。女はいくらでも器用に口説けるのに、どういうわけかあんたのことはうまくいかない。怒らせるか、泣かせるかばかりしてしまう。本当は大事にしたいだけなのに」

そう言うと、矢島は慶仁の頬にそっと手を伸ばして撫でる。彼の温もりが自分の頬に伝わってくる。遠い昔、台湾の田舎で慶仁に声をかけてきた慶次郎が、汚れた頬に触れてきたときの感触をまた思い出す。この男の手はずるい。この男の温もりは慶仁をひどく惑わせるのだ。

「おまえなんか嫌いだ」

力のない声で呟いた。

「そうか。でも、俺はあんたが好きだ。初めて本家の屋敷で見かけたときからずっと」

「え……っ?」

それは、初めて桂本家に挨拶に出向いて、駐車場で出先から戻ってきたばかりの慶仁の姿を見たときからだという。

「そんな馬鹿な……」

「でも、本当だ。ずっとあんたに近づきたくて、俺だって大間の親父の下で頑張ったんだ」

矢島の言葉を聞いているうちに、慶仁の胸はいつしかしくしくと痛んでいた。きっとさっき刺さった柔らかい棘のせいだ。そして、「好き」という言葉にこんなにも心が震えている。もう息をするのも苦しいくらいだった。

「俺はこの仕事に執着はなかったけど、あんたに近づきたくてずっと組を抜けずにいただけだ。それで気がつけば、本家の総本部長にまでなっていた。なのに、あんたを失ったら、俺までここにいる意味がなくなっちまう。だから、どこにも行かないでくれよ。一人でいいだなんて、寂しいことを言うなよ」

やるせない吐息を漏らして、矢島は慶仁の体を抱き締める。慶仁は今、慶次郎を亡くした日の病院の中庭で、自分を支えてくれたあの腕の中にいる。

本当にこの腕に甘えていいのだろうか。本当にこの男を信じてもいいのだろうか。何度も自分自身に問いかける。けれど、すでに答えが出ていることはわかっていた。

（一人はいやだ……。そばにいてほしい……）

温もりを求める気持ちを、もうこれ以上止められない。そこがマンションの駐車場だということも忘れて、慶仁は矢島の首筋に抱きつき自ら唇を合わせてしまった。

思いがけない慶仁の行動に、矢島のほうが戸惑ったように唇を合わせているのがわかる。でも、この男の口づけはこんなものじゃない。これまで何度も翻弄《ほんろう》されてきた彼の口づけに、今夜もまた自分は溺《おぼ》れてしまうのだろう。

ちょうどそのときエレベーターがきて、慶仁を抱えたまま矢島が乗り込む。誰の目も気にならなくなった矢島はさっきよりも強烈な口づけをしようと、慶仁の顎《あご》を押さえてくる。

「おい、エレベーターの中はよせ。監視カメラがある」

慶仁が諭すと、矢島は小さく舌打ちをする。そして、まるで獣のように息を荒くして言う。

「チクショー、もうたまんねえよ。早くあんたのことを裸にひん剝《む》いて、死ぬほどヒィヒィ言わせてやりたいっ」

焦る気持ちはわかる。というのも、このとき慶仁もまったく同じ気持ちだったから。何もかも解放されてしまいたいと願っていたのに、どうやってそうすればいいのかわからずにいた。けれど、矢島という男は慶次郎の死によって暗闇に落ち込んでいた慶仁を、無理矢理両手をつかんでまた日の見える場所に引きずり出したのだ。

そこは、けっして日の当たる場所ではない。けれど、日差しの眩《まぶ》しさをすぐ近くに見て、感じることもできる、そんな場所だった。それで充分だ。日の当たる道を歩いていい人間じゃないことくらいわかっている。それでも、温もりを感じることができたらそれだけでも心は満たされるのだ。

部屋に着くと、ドアを開けるなり矢島は鍵を投げ出して、慶仁の体を抱き締めてくる。唇を強く合わせたまま、もぎ取るようにネクタイを外される。シャツの前が開かれて、今度は胸元に唇が触れる。

「や、矢島……っ。ちょっと、待て……」

「待てるかっ。もう限界だって言っただろう。ここで一度抱かせろっ」

そう言うと、慶仁の体を引きずるようにして廊下に押し倒す。廊下の固い床で背中を打って、慶仁が顔をしかめる。それでも、矢島は性急に胸をまさぐっていた手を慶仁の股間へと伸ばしてくる。すでに熱くなっているそこに触れようとして、ズボンの前が開かれていく。

「ああ……っ」

それだけで、もう甘い吐息が漏れる。その声を聞いた矢島がチラリとこちらに視線を寄こした。こんな自分を見られるのは恥ずかしい。けれど、ほしがっていることはもう矢島にも充分伝わっているだろう。

「いつの間にかいい声を上げるようになったな。だが、そんなもんじゃ俺は満足しないぜ」

そう言うと、矢島は胸元に押しつけては胸の突起を嚙んでいた唇を、慶仁の下半身へと移動させた。

「お、おいっ、それは……。うっ、んん……っ」

言いかけたところで、思わず身を捩って唇を押さえ込む。口での愛撫《あいぶ》は何度も矢島に強要された。下手くそだとなじられたこともある。けれど、矢島が慶仁のものを唇で愛撫したことはなかった。それは、上の者が下の者にすることではないと考えているからだと思っていた。

それが当然だろうし、そもそもこれまでの二人のセックスは愛情を確かめ合うものではなかった。矢島が慶仁を支配していることを確認し、それを慶仁自身にも知らしめるためのセックスだったのだ。

なのに、今夜は違う。慶仁の体のすみずみまで矢島の手と唇が触れていく。強く荒々しくなったかと思うと、どこまでも優しくなる。その感触が、まるで一言一言「愛しい」と囁《ささや》いているようで、たまらない気持ちになる。そして、慶仁の股間は堪《こら》え性もなく、今にも果ててしまいそうになっていた。

「も、もう駄目だっ。離してくれ……っ」

震える声で訴えた。だが、矢島の唇は離れない。それどころか、そこを強く吸い上げるようにされてたまらず両足の踵《かかと》が床を蹴る。矢島は口の中に出せと促しているのだ。でも、それはあまりにも抵抗があった。

自分では何度も受けとめてきたけれど、今の慶仁には出してしまうほうが恥ずかしい。だが、どんなに抵抗しても、どうすることもできなかった。矢島の髪をつかみ、何度も首を横に振りながら股間が弾ける。

「んんーっ、くぅ……っ」

すべてを吐き出してしまった慶仁は、大きく胸を上下させたあと一気に全身から力を抜いた。だが、そこで一息ついているわけにはいかなかった。

慶仁のものを飲み下しながら、矢島はすでに自分の股間にコンドームを焦った手つきで被せている。そして、口元を一度拭《ぬぐ》ってから言った。

「ゴムのジェリーだけだから少しきついだろうが、辛抱してくれよ」

ゴムは持っていたらしいが、さすがに部屋のどこかに置いてある潤滑剤を取りにいく余裕はないのだろう。慶仁がその痛みを思って思わず身を引きそうになるのを押し止めて、矢島は二、三度擦った自分自身を窄《すぼ》まりに押しつけてくる。

膝裏を高く持ち上げられて、片方は矢島の肩にかけられる。反対側の足は矢島の手で押さえられていて身動きができない。そして、いつもより大きく感じられるものが慶仁の中に分け入ってきた。

「あっ、ああーっ、や、矢島っ、うう……っ」

思っていた以上の痛みで、初めて彼に抱かれたときのことを思い出した。あれほど屈辱的だった行為が今では同じ痛みを伴っていても、慶仁の中ではあきらかに違うものになっていた。苦しくても耐えていようと思っているのは、矢島のことを気持ちで受け入れているからだ。

ずっとこの男がなぜ自分を抱くのかわからなかった。その理由を一言も聞かされていなかったから。けれど、今はもう彼の気持ちも全部わかった。

慶次郎が亡くなったあと、抜け殻だった自分を抱き締めていてくれたのは矢島だった。ひどく乱暴で、無体なやり方だったけれど、それでも慶仁は失った慶次郎の温もりに似たものに包まれていたのだ。

（なぜ、この男はこんなにも温かいんだろう……）

痛みに顔を歪《ゆが》めていても、心の中で考えているのはそんなことだった。そのとき、ふと矢島の動きが止まる。慶仁がきつく閉じていた目をそっと開けると、矢島は心配そうな顔で自分を見下ろしていた。

「苦しいか？　なぁ、俺はまたあんたを苦しめているか？」

不安そうにたずねるから、慶仁は小さく首を横に振ってみせた。そして、床を掻き毟《むし》っていた手を上げると、そっと矢島の頰を撫でる。

「そんなことはないと思う。ただ、抱かれるたびに胸が苦しくなる。こんなふうに甘えてしまって、また一人になったときどうしたらいいんだろうって思うから……」

慶仁がそう言いながら、矢島を見つめていた視線をそっと逸らす。すると、矢島が「ああっ」と溜息にも似た声を漏らした。

「そんな心配なんかしなくていい。なんであんたの心はそんなに寂しいんだよ」

呆れたように言われても、慶仁自身わからない。ただ、ずっと自分の身の回りのごくわずかな人たちだけを大切にして生きてきたから、彼らを失ったあとの自分のことなど考えてもいなかったのだ。

「あんたは一人じゃないって、ちゃんと教えてやるから。俺が全部そういうことも教えてやる

から」

「本当か？　俺はおまえを信じてもいいのか……？」

慶仁がまだ不安そうに問いかけると、矢島はにっこり微笑《ほほえ》み、その唇をそっと指先で押さえて言った。

「ああ、信じればいい。でも、今は悪い……。ちょっと限界だ。先にいかせてくれよ」

まるで悪ガキが照れたような表情を浮かべてみせると、一度止めていた動きを再開した。熱くなっている体の中を擦られると、やがては痛みだけでないものが込み上げてくる。もう何度も味わってきた快感だった。

激しい抜き差しが慶仁の体を揺らす。床にあたっている尾骶骨《びていこつ》と肩胛骨《けんこうこつ》がガンガンと音を立てている。それでも快感のほうがまさっていて、どうすることもできない。慶仁はたまらず両手を伸ばして矢島の首筋にしがみついた。服のサイズはあまり変わらないが、やっぱり矢島のほうがたくましいと思った。

そして、矢島自身が慶仁の一番深いところに届いた瞬間、そこで熱く弾けるのが感じられた。ゴム越しでもはっきりとわかるその熱さに慶仁は大きく身を震わせる。

このときはっきりとわかったのは、どんなに似ていてもこの男の温もりと慶次郎の温もりは違うということだ。同じように自分を包み込むのに、矢島の温もりに慶仁の体は溶かされていく。誰もこんなふうに自分を温めてはくれなかった。

これは、確かに彼だけが自分に与えてくれる温もりだった。

◆◆

「も、もう、いい加減にしろっ。これ以上は無理だ……」

さっきからそう何度も言っているのに、矢島はまるで飢えた獣のように慶仁の体を貪《むさぼ》ってくる。

廊下で抱き合ったあと、乱れた洋服を脱ぎ捨てながら寝室に入った二人は、そこでもまた体を重ねた。四つに這って後ろから矢島を受け入れたが、それで果てたあとに顔を見ることができないのはつまらないと言われて、今度は矢島の膝の上に跨《また》がる格好で体を繋げた。

三度果てて今夜はもう充分だと体を横たえていると、またそこに手を伸ばしてくるから慶仁が本気で怒鳴った。なのに、矢島はまるで聞く耳を持とうとしない。彼のほうが若いのは事実だが、たった二歳でこんなにも体力の違いを見せつけられるのもなんだか頭にくる。

「心配すんなって。あんたはマグロになっててていいから、いい声だけ出してな」

「勝手なことを言うなっ。本当にもう……っ、ああっ、んんっ、んく……っ」

もう勃ち上がることはないと思っていた股間が、矢島の愛撫でまた熱くなる。この体の節操のなさには自分でも呆れるが、矢島がずっと我慢していたように慶仁の体も同じだったということだ。

「ずいぶんといい具合になってる」

四度目にもなれば、慶仁の窄まりもすっかり柔らかくなっていて、矢島の指くらいなら簡単に呑み込んでしまう。二本、三本と増やした指で中を擦られて、ある部分を押されたらあっという間にそこが硬く反応していた。

「い、いやだ、もういやだ……。矢島、頼むから……っ」

身悶《みもだ》えて泣き言を口にすれば、矢島は楽しそうに笑って慶仁の唇を啄《つい》ばんで言う。

「駄目だ。まだ足りない。もっとあんたがほしいんだ」

そして、また矢島が硬くなった自分自身を押し込んでくる。大きく息を吐いてそれを受け入れるとき、耳元で彼が言った。

「あんたもほしがってくれよ。俺のがいいって言ってみな」

一度は首を横に振った。あられもない格好を晒《さら》すより、そんな言葉を口にするほうがよっぽど恥ずかしい気がしたからだ。けれど、胸の突起を優しく噛まれて、股間を少し強く揉みしだかれるともう何もかもがどうでもいいような気になってしまう。

「おまえがいい。だから、もう早く……っ」

じくじくと疼《うず》いているそこに先端だけを埋めた状態で矢島が焦《じ》らすから、慶仁はたまらずそう言って自ら求めてしまう。

「早くどうすんだ？　どうしてほしい？」

「おまえ、意地が悪い……」

「ああ、そうかもな。どういうわけかあんたを見ていると、ちょっと苛めてみたくなる。そのすました顔が泣きそうになると、たまらなく興奮するんだ」

「このっ、変態……っ」

なじってやっても矢島は嬉しそうに笑っている。こんな奴をこれ以上喜ばせてたまるものかと思ったけれど、ほしいと思う気持ちは止められない。

体はもうガタガタになっていた。多分、今でも一人でベッドから下りて立ち上がることさえ危ういと思う。それでもいい。矢島がこの体を壊してしまうほどに抱いてくれたらいいと思っている自分は、とっくにこの男に負けていた。

「もう、入れてくれ。頼むから、おまえのがほしいんだ……」

その言葉を口にすると、矢島は大いに満足したように頬を緩め、舌嘗めずりをしてみせる。

「ああ、いいぜ。あんたにくれてやる。だから、あんたも全部俺によこしな」

そう言うと、矢島はゆっくりと自分自身を慶仁の体の中に埋めてくる。もうすっかり馴染んだその形は、まるで自分の中に吸いついてくるようで、体の奥深くまでが矢島のものになっている自分なのだと思い知らされる。

「ああ……っ。んぅ……っ、んんっ」

「ああ、やっぱり、あんたの中は最高だ」

甘く淫《みだ》らな吐息を漏らせば、互いの汗ばんだ体がぴったりと重なり合う。彼の温もりの中でドロドロに汚れて乱れている慶仁は、これまでになかったほど生身で生きていることを実感していた。

生きているということは、こんなにもどこもかしこもが熱いのだ。そして、慎みを忘れた慶仁の体を存分に抱き締め、まだ物足りないとばかりに貪っている美貌《びぼう》の男がこんなにも愛おしい。

義母や慶次郎に感じていた情愛とは違う。この熱に浮かされながら、心と体が一緒にどこかに持っていかれてしまうような感覚に、慶仁は今にも弾けてしまいそうな自分を訴える。

「い、いくっ、もう……、いくから……っ」

だが、矢島はそんな慶仁の股間の根元を握り、すでに限界を訴えているそこを塞《せ》き止めてしまう。

「な、なんで……っ？」

「いいから、もう少し待てよ。俺もすぐにいくから」

人をこんなふうにしておいて、一人だけ余裕をみせると慶仁の体をたっぷりと貪ろうとする。

奥まで突いてはぎりぎりまで引き抜き、その繰り返しがじょじょに速くなっていく。

矢島の抜き差しのリズムの速さについていけなくなった慶仁は、喘《あえ》ぎ声を漏らし懸命に頭を振った。自分の胸は今こんなに熱くて痛い。矢島も同じ思いでいてくれるだろうか。

そのとき、根元を握っていた手が離れ、慶仁は体を小刻みに痙攣《けいれん》させて自分の下腹に精を吐き出した。と同時に、矢島のものも体の中で熱く弾けていくのを感じている。

「ああーっ、あっ、んく……っ」

自分の掠れた喘ぎ声を聞きながら、シーツを握っていた指先からじょじょに力が抜け落ちていく。やがて全身が完全に弛緩《しかん》して、深い吐息だけが胸板を激しく上下させていた。

そんな慶仁の隣に大きく深呼吸した矢島が倒れ込むように身を沈めてきた。だが、それでおとなしく横になっているわけではなかった。慶仁のほうを向いてまた股間に手を伸ばしてくると、下腹を濡らしている色も薄く水のようになったそれをすくい上げて楽しそうに言う。

「結構、出たな」

「言うなよ。さんざん好き勝手しやがって……」

聞きたくもないあけすけな言葉を言われても、気だるくて強く言い返すことさえできない。

矢島はそんな身動き一つできなくなった慶仁の体の後始末をしてくれる。慶仁もされるがままに任せていた。

「言っておくが、俺はたった一人の人間しか心底愛せないし、溺れればどこまでもいってしまう。そんな重くて面倒な男だ。それでも俺がほしいと言えるのか？　それだけの覚悟がおまえにはあるのか？」

　すると、矢島は自信に満ちた表情で答える。

「心配するな。周りには掃いて捨てるほどいい女はいるが、あんたを抱いてからは一度も女とは寝ていない。俺はいつでもあんたのことだけを思っているから」

「ヤクザ者のそんな言葉を信じろとでも？」

　同じ世界で生きているからこそわかっている。どんなに思っている相手がいても、組織にいるかぎり一番は上の者だ。また、上にいる者であっても、妻子を犠牲にして下を守らなければならないのがこの世界のしきたりだ。

　だが、矢島にとってはそんなしきたりなどたいした意味はないらしい。

「正直に言うとな、俺にとって桂と大間なら大間が重かった。でも、今は桂とあんたならあんたのほうが重い。だから、あんたも俺から逃げようとするな。どこへも行かせたくないんだ」

　本当にこの男だけは、型破りにもほどがある。組織の人間は、何を差し置いても組のために尽くすのが使命なのに、大間が甘やかしてきたからこんなことを平気で口にする男になったのだ。それでも、その迷いのない笑みが慶仁に生きていく力を与えてくれる。

（お義父《とう》さん、もう少しこの世にいてもいいですか……？）

　死ぬつもりはなくても、心は屍《しかばね》のようになっていた自分が今はまた新しい道へと歩み出そうとしていた。

『そうか、慶仁というのか。いい名前だな。それに、頭もよさそうだ。どうだ、一緒に日本にこないか？　好きなだけ勉強して、好きなように生きればいい。俺の息子ができなかったことを、全部やってみればいいさ』

遠い昔、台湾で初めて会ったとき慶次郎はそう言ったのだ。あのときの約束どおり、慶次郎は慶仁の自由を何一つ奪うことなく、好きにさせてきてくれた。

その感謝の気持ちをもう返すこともできないと心は虚《むな》しさに包まれていたのに、生きている肉体と心は、今は亡き慶次郎ではなく他の男を求めている。

「先代のことを思っていてもいいから、俺のそばにいてくれるよな？」

すべての事情を知ってもなおかつ慶次郎のことを気にしているのか、慶仁を抱き寄せてそんなふうに訊く。

「先代とはそうじゃないと言っただろう。まだわかってないのか？」

彼の胸に手を突っぱねて、矢島を引き離そうとしながら言ってやる。

「わかっているさ。でも、今はその親子の情の繋がりのほうが厄介な気もしている」

苦笑とともに本音を漏らす矢島を見ていると、なんだか彼がひどく子どもに見えた。悪い意味じゃない。素直でほしいものをほしいと言う可愛い子どもだ。人はときにはこんなふうに正直になってしまってもいいのかもしれない。そう思った慶仁は彼の胸に突っぱねていた手を下ろすと、微《かす》かに頬を緩める。

「そうだな、俺もこれからは好きに生きるつもりだ。でも一人は寂しいから、そばにおまえがいればいいと思う」

そう言うと、今度は両手を伸ばして、矢島の体を自分の胸に引き寄せてやった。この男は慶仁がほしいと言う。でも、それと同じくらい慶仁もまたこの男がほしいのだ。

やがて、疲れた体をくるむようにシーツを引き上げた矢島が、慶仁の体をその上からそっと撫でさすりながら訊いてきた。

「あの除籍届け、捨ててもいいか?」

慶仁への誤解は解けたとしても、最終的にどう処遇するのかは大間の判断しだいだ。この先、慶仁が組に残ることを快く思わないなら、向こうから破門なり、除名処分なりを申し渡してくるだろう。

「大間の親父は、それほど度量の狭い人間じゃない。俺と一緒で物言いがはっきりしているから苦手に思う連中もいるだろうが、桂のことを思い守るべきものは守っていこうとしている人だ」

矢島の言っていることもわかる。確かに、誤解を受けやすいところはあるかもしれないし、慶仁も彼という人間を少し見くびっていたところがあった。だが、今では大間に桂をあずけたことは正しかったと思っている。ただ、その中で自分という人間が本当に必要なのかどうかは、慶仁自身判断がつかないのだ。

「組織を抜けても、俺は俺だ。誰とどこで生きていくかは自分自身で決めるさ」

慶仁はそれだけ言うと、もう重くてどうしようもない瞼《まぶた》を閉じた。それでも、ずっと自分の体を撫でさすっている矢島の手の温もりは感じている。

「あんたの決めた場所には、俺もいるんだろうな？」

眠りに落ちる前に矢島がたずねた。もちろんと頷いてやりたかったけれど、もう眠くてそれに応えることはできなかった。


本家屋敷に呼び出されたのは、矢島のマンションに泊まった翌日の昼過ぎだった。こちらからも報告に行くつもりだったので、二人は着替えをすませるとその足で本家に向かった。

一度自分のマンションに戻ることができなかった慶仁は、矢島のスーツを借り着している。こういうことはこれまで何度もあったが、やっぱり彼の好みは自分とは合わないと思った。着ていて、ひどく落ち着かない気持ちになる。そして、矢島の言葉が慶仁のそんな気持ちに拍車をかける。

「似合うなぁ。地味なビジネススーツのあんたもそれなりに色っぽいが、やっぱりもっと見栄えのする格好でいさせたいね」

「俺はおまえの着せ替え人形じゃない」

ふて腐れて言うと、矢島が口元を緩め、肩を竦めてみせる。この男のこういうふてぶてしい姿は何度も見てきた。そういえば、初めて本家の裏庭で声をかけられたときもズケズケとものを言い、ずいぶんと生意気な奴だと思った。

だが、矢島という男を知るほどに、彼が偽ることを知らない人間なのだとわかってきた。おそらく、それゆえに人から誤解も受けやすいという大間と同じタイプなのだろう。大間が矢島を可愛がる理由もこれで納得がいった気がした。

本家に着くと、大間は執務室で中間決算の報告書に目を通していた。明後日の幹部会で提出予定の資料がすでにでき上がって、大間の手元に届けられているのを見て慶仁は内心安堵していた。自分があまり作業に加われなかったことに責任を感じていたが、分室の連中は協力し合ってやってくれたようだ。

「浅黄、なかなかいい数字が出ているじゃないか。先代が逝った途端に、桂のシノギがぐらついたと思われるのは困るからな。まぁ、これで一安心だな。あとは幹部会でのプレゼンテーションだが、例年どおりおまえがやってくれるか?」

大間は資料をデスクの上に投げて置くと訊いた。もちろん、決算報告の幹部会まではきちんと務めるつもりだったので、慶仁は了解の意味で頭を下げた。

「ところで、昨日はご苦労だったな。あれから、都内の組に連絡を入れて宮嶋のところに出向かせた。なんでも、数日前に系列のクラブに警察のガサがあったばかりらしくてな。日を置かず今度は桂のカチコミを受けたんじゃ、連中もたまらんだろうな」

その警察のガサ入れは、矢島が山下という刑事に渡した情報によるものだろう。組が落ち着きを失っているところに、たたみかけるように桂からの突き上げを受けて、宮嶋組はあっさりと犯人の久本を引き渡したらしい。

「で、どこの組に行かせたんですか?」

矢島が訊いた。都内の組といっても、桂の分家はいくつかある。

「芳川《よしかわ》のところだ。奴がぜひ自分に行かせてくれと言ったのでな」

それを聞いて、思わず矢島と慶仁が顔を見合わせた。大間は先代が本当は芳川を跡目に推していたことを知っている。そして、大間自身も芳川の実力を認めている。もし、あのとき、矢島が慶次郎の遺言の下書きをパソコンから削除していなければ、芳川が跡目を取っていてもおかしくなかった。

五分の兄弟分である二人が、いわば明暗を分けた形になったことを、大間と芳川の二人はどんなふうに受けとめているのだろう。

そして、その芳川が自ら大間の狙撃犯の身柄を受け取りに行ったという事実に、慶仁はなんとも複雑な思いを味わっていた。見れば、矢島も同じように何か言いたげでいて、言葉に詰まっている様子だった。

そのとき、執務室のドアがノックされて、大間が一言「入れ」と声をかける。慶仁が慶次郎の秘書をしていたときの癖ですかさずドアを開けに行こうとしたが、それよりも早く部屋に入ってきたのは、他でもない芳川本人だった。

芳川は矢島と慶仁を見ると、分家の人間らしくきちんと会釈をして寄こす。自分より歳の若い二人だが、本家勤めの総本部長とその補佐という立場だから、分家の組長といえども相応の態度を取っている。彼は本当に、自分の分というものをよく理解してそれなりの行動ができる男だった。

今日は矢島や慶仁と同じように、昨日の報告にやってきたのだろう。大間の前に行くと、すでに久本という男に関しては彼の組で落とし前をつけていると言った。

こういう場合は身柄を押さえたあと、まずは裏や黒幕がいないかの確認をする。もちろん、さっさと吐かせるためにはそれなりに手荒な真似もする。そして、それ以上何も情報が取れないとわかれば、数日間たっぷりのシャブを打ったのち、その欠片《かけら》を持たせて警察の近くに放置しておく。あとのことは警察にまかせておけばいいだけだ。この方法だと、自分たちが直接手を汚すこともなければ、厄介な遺体の処理をする必要もない。

警察の取調べに対してシャブでいかれた頭で何を語ろうと勝手だが、桂のことを口にすれば自分が密輸した拳銃で大間や矢島の命を狙ったことまで吐くことになる。どっちに転んでも罪は重いうえ、シャブを抜くのにも地獄の苦しみを味わうことになるだろう。

「芳川、手間をかけたな。だが、おまえが自ら乗り込むこともなかっただろうに」

大間が苦笑混じりに言ったので、矢島と慶仁はさらに驚いた。芳川組にことをあずけただけでも複雑な心境だったのに、さらに芳川は自分で宮嶋組に出向いて久本を押さえてきたという。

「組長の命を狙った奴ですからね。下のもんにまかせておくわけにもいかんでしょう。万一逃げられでもしたら、新しい桂の看板に泥を塗ってしまいますからね」

芳川の言葉に大きく頷き、大間は席を立つ。そして、応接セットに移動すると、芳川に座るように促して自らもその向かいに腰掛ける。矢島と慶仁はそばでじっと二人の様子を見ているしかなかった。

「なぁ、芳川、あれはもう三十年くらい前になるかな。組の盃を受けてまだ間もない頃、二人して先代が使っていたこの部屋の掃除を言いつけられた。あのとき、おまえは真面目にそこらの調度品を一つ一つ磨いていたよな」

「言われたことは、なんでも生真面目にやってしまう性格なもんで」

「ところが、俺は誰も見てないのに、掃除なんかやってられるかとばかり煙草を吸ってソファに寝転がっていた。昔から人が見ていなけりゃ、微塵《みじん》も頑張ろうと思わない怠けもんだった」

芳川が大間の言い草に少しばかり頬を緩めてから言う。

「でも、俺はあのとき、先代が大事にしている龍の置物を落として壊してしまいました。正直、これで小指は飛ぶなと覚悟したもんです」

「あれは肝が冷えたな」

「なのに、組長が戻ってきたとき、大間さんは咄嗟に俺を庇って自分が落としたんだと言ってくれた」

「なんでだろうな。真面目にやっていた奴が損をするのは違うだろうと思ってな。だが、おまえは馬鹿正直に自分がやったって言っちまったじゃないか」

「当然ですよ。大間さんは五分の兄弟とはいえ、盃を受けたのは数ヶ月早い。五厘差ってのは忘れちゃいけないと今でも思っていますよ」

そう言ってから、芳川は思い出したように「大間さん」と呼んでいたことを詫《わ》びて、「組長」と言い直していた。

「よせよ。二人のときは『大間』と『芳川』でいい」

「いや、今は二人ではありませんので……」

そう言うと、芳川がチラッと矢島と慶仁を見てから恐縮したようにもう一度大間に頭を下げる。すると、大間は小さな吐息を漏らして、少しばかり遠い目になる。

「結局、先代はどっちがやったのか問い詰めたりしなかったし、叱《しか》ることもなかった。ただ、兄弟は大事にしろと言っていた。俺は近頃になって、あらためて組ってのはそういうもんだと思うようになった」

大間の言葉に芳川も深く頷く。

「なぁ、芳川。跡目がほしいか？　先代はおまえがいいと考えていたようだ。おまえも打診は受けていたんじゃないのか？」

いきなりの大間の言葉に、芳川がそれまで俯《うつむ》きがちだった顔を上げる。その表情には思いがけない質問に対する困惑が浮かんでいた。そして、しばらくの間沈黙が部屋の中に流れた。誰もが身動きどころか、呼吸さえも忘れたような時間だった。やがて、大きく息を吐いたのは芳川だった。

「大間の兄貴、俺は跡目とかそういうのはどうでもいいんですよ。桂が桂であってくれればいい。先代が言ってきかせてくれた言葉は、俺だって今もずっと胸に刻んでますよ。あのとき、咄嗟に俺を庇ってくれた兄貴のことを、なんで俺が越えられるっていうんですか。桂の跡目は兄貴だけですから。俺はそう信じているから、票も取りまとめたんですよ」

芳川は本家と分家の敷居を取り除き、心からの言葉でそう告げた。そして、その気持ちははっきりと大間にも伝わったようだ。大間は柄にもなく照れたような笑みを浮かべて言った。

「先代がよく言ってたよな。人間誰しも『業』を背負って生きていくもんだとな。まったく、これも業ってもんかね。人ってのは、いいことも悪いことも、全部自分自身の始末だと思って引き受けなけりゃならない。おまえも俺もまだまだそうやって生きていくんだろうな」

それは、けっして大間が驕《おご》って言った言葉じゃない。人には与えられた運命がある。最初から定められたものではなく、自分の行いによって導かれてきた運命だ。尊くもなり卑しくもなれる人間というのは、誰もが業を背負って生きているのだ。

「そうでしょうね。だったら、誰もがここで業の華を咲かせてみればいいじゃないですか」

芳川が穏やかな笑みとともにそう言った。

二人の間には何一つわだかまるものはない。そう確認したその場に立ち会うことができて、矢島と慶仁はそれぞれに胸を撫で下ろす気持ちだった。

矢島には自分がデータを消したことに対する罪悪感がある。慶仁には生前の慶次郎の意思をきちんと組織に反映することができなかったという、己の力不足に対する後悔がある。だが、それもすべては「業」というものだったのかもしれない。それからの二人は、充分に互いを傷つけ合って過ごしてきたのだから。

「で、浅黄の件はどうするつもりだ？　除籍届けは受けるのか？」

自分たちの問題が解決した大間が、今度は矢島に向かってたずねる。慶仁から除籍届けが出ていると知って、芳川が驚いたようにこちらを見た。だが、慶仁自身はもはや自分の意思で何を言うつもりもなかった。

「その件ですが、組長に判断をあずけます。ただ、一つだけ言うなら、俺の補佐は務まらないってことですかね。面はいいがこの愛想のなさで、かえって商売の邪魔になっちまってるんでね」

そのあたりは大間も芳川も想像ができるのか、二人して苦笑いをなんとかごまかしている。だが、大間がすぐに真面目な顔になって言った。

「浅黄、おまえの指示で分室が作った資料は、やっぱりたいしたもんだ。金の計算をさせれば、おまえほどの人間はいない。先代もたいした男を育ててくれたと思う。おまえは桂の大きな財産だ。できれば、このまま分室の責任者としてここに残ってもらいたいと思っている」

大間の言葉を聞いて、慶仁がハッとしたように顔を上げる。たった今胸を打ったのは、「桂の財産」という言葉だった。慶次郎の興したこの組のためにできることがあると言われて、慶仁の心は大きく揺れていた。

「わたしは、この業界に未練はないと思っていました。ただ、先代のために働きたかっただけなので、桂慶次郎が逝ったあとの自分にはなんの価値もないと思っていました」

「それは、勝手な思い込みだ。もっと目を開いて周りを見てみるんだな。人ってのは必要とされているところにいてこそ、生きている意味があるんだ。おまえもその背にちゃんと『業』を背負っているんだ。逃げて楽になれると思うなよ」

大間の言うとおりかもしれない。自分はもう長い時間、この業界で生きてきたのだ。一般社会とは違う世界で生きてきた身で、どこへ逃げていこうと思っていたのだろう。

「矢島の補佐はもういい。明日からは、本家投資分室室長の肩書きでいいか？　せいぜい知恵を絞って、桂の資金を増やしてくれよ。なにしろ、六千近くいる家族を喰わせていかなけりゃならないからな」

その言葉に慶仁は深々と頭を下げて言った。

「承知しました。ありがとうございます」

そう言った慶仁の横で、矢島が自分のスーツの内ポケットからあずかっていた「除籍届け」を取り出して破り、ゴミ箱の中に投げ入れていた。

それから、慶仁は矢島と一緒に大間の執務室を出る。芳川はまだそこに残っていたが、おそらく本当に二人きりになって、上も下もない気心の知れた話をするのだろう。

慶仁はその足でさっそく分室に向かおうとしたが、矢島に呼び止められる。

「おい、ちょっとつき合えよ」

そう言って矢島が慶仁を誘い出したのは、本家の裏庭だった。離れの会議室へと続くその場所は、二人が初めて会話をしたところでもある。今はすっかり秋が深まって草木も色づき、見上げる空が青く高かった。そんな秋の空を眺めながら、矢島がたずねる。

「なぁ、あんたの中国名はなんていったんだ?」

慶仁の中国名も同じ慶仁だ。ただ、発音が違うだけだ。そのことを話すと、矢島はその発音を知りたがった。

「慶仁《チインレン》……。慶仁だ」

「そうか。なんかきれいな響きだな。そう呼んでいいか?」

長い間、その呼び名を忘れていた。日本にきてから、一日も早く日本人にならなければと思い、「ヨシヒト」が自分の名前だと言い聞かせてきた。なのに、義母や慶次郎を失った今になって、慶仁を中国名で呼ぶ者が現れるなんて思ってもいなかった。

慶仁が小さく頷くと、矢島は耳元に唇を寄せ、何度か「慶仁」と繰り返し呼んだ。そのとき、慶仁は何もかも失った自分が、六歳の頃の自分に戻っていくような感覚を味わっていた。

『我去日本哟。我去日本哟』

僕は日本に行くよ。何度もそう繰り返し言ったあのときはもう遠い。今の慶仁には、この日本で見つけた自分の生き方がある。慶次郎が残してくれた居場所がある。この桂組こそが、一人になってしまった自分のために残された新しい家族なのだ。

そのことに気づかせてくれた愛する男がそばにいるかぎり、慶仁の心は再び暗闇を彷徨《さまよ》うこともないだろう。

あとがき

今回の「義を継ぐ者」は書いていて楽しい、読み返していても楽しい、絵を見て楽しさ倍増という、著者本人が「お楽しみ三昧」の一冊でした。

挿絵は高階佑《たかしなゆう》先生に入れていただきました。素晴らしい表紙をご馳走様です。見事な挿絵の数々に心から感謝です。お忙しい中、本当にありがとうございました。

ちなみに、どの作品を書いているときももちろん楽しいには違いないのですが、たいていは「ここが踏ん張りどころ」とか、「これを乗り越えたら」という苦しいところが若干なりともあるものです。

なのに、今回は自動書記かというくらいサクサクと話が進んでいくので、多分何かの「神」が降りていたのだと思います。こういう「神」なら一生降りていてください。

と祈ったところで、気まぐれな神様はどうせいなくなるときはさっさとどこかへ行ってしまうのでしょうから、あまり甘えていないでとっとと次の作品の構想など自力で考え中です。

さて、夏が近づいてきて例年どおり旅立ちの準備を始めていますが、今年はいつもの滞在先からさらに二度ばかりお出かけの予定。どちらも人の計画に乗っかった結果なので、自分一人だったら行きそうにもない場所ばかりです。

まず、一ヶ所目はカジノとショー街へ。ギャンブルはほとんど興味がないのですが、以前に行ったときには数百ドル稼いだおいしい思い出が……。ビギナーズラックだったと思いますが、今回も小さく遊んで、あとは享楽的な街の雰囲気に溺れてこようと思います。

もう一ヶ所は、東洋人などほとんど見かけないという内陸部のド田舎の村へ。こちらはパラグライディングをする友人にくっついて行くだけなので、現地で仕事でもしながら骨董屋巡りをして、コレクティブルを探してこようと思っています。

そして、旅の途中で心を刺激してくれるようなおもしろいものを拾えたらいいのですが、あの乾いた空気は自分の書く話の雰囲気とは対極という気もします。とはいえ、それがかえっていい湿り気を心にもたらしてくれるかもしれないという期待も少々。

最近ちょっとキャラたちが「いい人」ぶっているみたいなので、カラッとした空の下で「悪い人」の妄想を膨らませてきます。それでは、また次作でお会いできますように……。

二〇一〇年　五月

水原《みずはら》とほる

この本を読んでのご意見、ご感想を編集部までお寄せください。

《あて先》〒105－8055　東京都港区芝大門2－2－1　徳間書店　キャラ編集部気付
「義を継ぐ者」係

■初出一覧
義を継ぐ者……書き下ろし

Chara
義を継ぐ者
【キャラ文庫】

2010年6月30日　初刷

著者　水原とほる
発行者　吉田勝彦
発行所　株式会社徳間書店
〒105-8055　東京都港区芝大門2-2-1
電話048-451-5960（販売部）
03-5403-4348（編集部）
振替00140-0-44392

印刷・製本　図書印刷株式会社
カバー・口絵　近代美術株式会社
デザイン　間中幸子・海老原秀幸

ISBN978-4-19-900576-3

好評発売中

災厄を運ぶ男
Tohoru Mizuhara
水原とほる
イラスト 葛西リカコ
逆らっても無駄なんだよ
諦めて俺と一緒に闇へ堕ちろ——

水原とほるの本
【災厄を運ぶ男】

イラスト◆葛西リカコ

倒産寸前の父の町工場を継ぎ、多額の借金を背負った秀一《しゅういち》。金策に悩む秀一の前に現れたのは、大学で同期だった戸田《とだ》。ヤクザまがいの金貸しを営む戸田は、「無期限で金を貸そうか」と囁いてくる。悪魔のような美貌の笑み——疎遠だった十年を埋めるかのように近づいてくる戸田に破格の条件を提示され、とうとうその手を取ってしまう秀一だが…!? 情欲の焔《ほむら》を隠し持つ男と堕ちる宿命的な恋!!

好評発売中

水原とほるの本
【金色の龍を抱け】

イラスト◆高階 佑

この男の言いなりになるのは、すべて母の入院費を稼ぐため──。華僑《かきょう》の街の片隅で、秘密裏に開催される違法の賭け試合。賞金を得て暮らす姿慧《ツゥフェイ》に目をつけたのは、若き青年実業家・梁瀬《やなせ》。裏社会に君臨し試合を取り仕切る梁瀬は、「金が欲しいなら言うとおりに戦え」と姿慧を女のように飾り立ててリングへ上がらせるが!?　闇を背負う男に身も心も支配され快楽へ導かれる──ハードラブ!!

好評発売中

水原とほるの本

【氷《ひ》面《も》鏡《かがみ》】

イラスト◆真生るいす

水原とほる
イラスト◆真生るいす
氷面鏡
双子の兄弟で抱き合うことが
“罪”だなんて思わなかった——
キャラ文庫

雨の日も風の日も、放課後はひとり公園のベンチで過ごす。家に帰るとまた、双子の兄・陸《りく》に抱かれてしまうから——。禁忌の関係に悩む郁《いく》に声を掛けてきたのは、大学講師の見城《けんじょう》。「行く場所がないなら僕の家においで」と詮索もせず、温かい場所を与えてくれる。年上の男のそばで、郁は次第に癒されて…⁉ セックスは知っていても心は無垢な魂が、初めての恋に目覚めていく純粋な愛の物語。

投稿小説★大募集

『楽しい』『感動的な』『心に残る』『新しい』小説——

みなさんが本当に読みたいと思っているのは、どんな物語ですか？　みずみずしい感覚の小説をお待ちしています！

•応募きまり•

[応募資格]

商業誌に未発表のオリジナル作品であれば、制限はありません。他社でデビューしている方でもOKです。

[枚数／書式]

20字×20行で50～100枚程度。手書きは不可です。原稿は全て縦書きにして下さい。また、800字前後の粗筋紹介をつけて下さい。

[注意]

①原稿はクリップなどで右上を綴じ、各ページに通し番号を入れて下さい。また、次の事柄を１枚目に明記して下さい。
（作品タイトル、総枚数、投稿日、ペンネーム、本名、住所、電話番号、職業・学校名、年齢、投稿・受賞歴）
②原稿は返却しませんので、必要な方はコピーをとって下さい。
③締め切りは特別に定めません。採用の方にのみ、原稿到着から３ヶ月以内に編集部から連絡させていただきます。また、有望な方には編集部からの講評をお送りします。
④選考についての電話でのお問い合わせは受け付けできませんので、ご遠慮下さい。
⑤ご記入いただいた個人情報は、当企画の目的以外での利用はいたしません。

[あて先] 〒105-8055 東京都港区芝大門2-2-1
徳間書店 Chara編集部 投稿小説係

投稿イラスト★大募集

キャラ文庫を読んで、イメージが浮かんだシーンをイラストにしてお送り下さい。キャラ文庫、『Chara』『Chara Selection』『小説Chara』などで活躍してみませんか？

•応募きまり•

[応募資格]

応募資格はいっさい問いません。マンガ家＆イラストレーターとしてデビューしている方でもOKです。

[枚数／内容]

①イラストの対象となる小説は『キャラ文庫』か『Chara、Chara Selection、小説Charaにこれまで掲載された小説』に限ります。
②カラーイラスト１点、モノクロイラスト３点の合計４点。カラーは作品全体のイメージを。モノクロは背景やキャラクターの動きの分かるシーンを選ぶこと（裏にそのシーンのページ数を明記）。
③用紙サイズはＡ４以内。使用画材は自由。

[注意]

①カラーイラストの裏に、次の内容を明記して下さい。
（小説タイトル、投稿日、ペンネーム、本名、住所、電話番号、職業・学校名、年齢、投稿・受賞歴、返却の要・不要）
②原稿返却希望の方は、切手を貼った返却用封筒を同封して下さい。封筒のない原稿は編集部で処分します。返却は応募から１ヶ月前後。
③締め切りは特別に定めません。採用の方にのみ、編集部から連絡させていただきます。また、有望な方には編集部から講評をお送りします。選考結果の電話でのお問い合わせはご遠慮下さい。
④ご記入いただいた個人情報は、当企画の目的以外での利用はいたしません。

[あて先]

〒105-8055 東京都港区芝大門2-2-1
徳間書店 Chara編集部 投稿イラスト係

キャラ文庫既刊

■英田サキ
【DEADLOCK】
【DEADHEAT DEADLOCK2】
【DEADSHOT DEADLOCK3】
【SIMPLEX DEADLOCK外伝】 CUT高階 佑
【恋ひめやも】 CUT小山田あみ
【ダブル・バインド】 CUT葛西リカコ

■秋月こお
【やってらんねェぜ!】全6巻
【セカンド・レボリューション やってらんねェぜ!外伝】
【アーバンナイト・クルーズ やってらんねェぜ!外伝2】
【酒と薔薇とジェラシーと やってらんねェぜ!外伝3】
【許せない男 やってらんねェぜ!外伝4】 CUTこいでみえこ
【王様な猫】
【王様な猫のしつけ方 王様な猫2】
【王様な猫の陰謀と純愛 王様な猫3】
【王様な猫と調教師 王様な猫4】
【王様な猫の戴冠 王様な猫5】 CUTかすみ涼和
【王朝春宵ロマンセ】
【王朝夏曙ロマンセ 王朝春宵ロマンセ2】
【王朝秋夜ロマンセ 王朝春宵ロマンセ3】
【王朝冬陽ロマンセ 王朝春宵ロマンセ4】
【王朝唐紅ロマンセ 王朝ロマンセ外伝】
【王朝月下繚乱ロマンセ 王朝ロマンセ外伝2】
【王朝綺羅星如ロマンセ 王朝ロマンセ外伝3】 CUT唯月 一
【要人警護】
【特命外交官 要人警護2】
【駆け引きのルール 要人警護3】
【シークレット・ダンジョン 要人警護4】
【暗殺予告 要人警護5】
【日陰の英雄たち 要人警護6】 CUT緋色れーいち

【本日のご葬儀】 CUTヤマダサクラコ
【幸村殿、艶にて候】全7巻 CUT九號
【スサの神謡】 CUT稲荷家房之介

■洸
【機械仕掛けのくちびる】 CUT須賀邦彦
【刑事はダンスが踊れない】 CUT香雨
【花陰のライオン】 CUT宝井さき
【黒猫はキスが好き】 CUT汞りょう
【囚われの脅迫者】 CUT DUO BRAND.
【深く静かに潜れ】 CUT長門サイチ
【パーフェクトな相棒】 CUT亜樹良のりかず
【好みじゃない恋人】 CUT小山田あみ
【ろくでなし刑事のセラピスト】 CUT新藤まゆり

■いおかいつき
【恋愛映画の作り方】 CUT高久尚子
【交番へ行こう】 CUT桜城やや
【死者の声はささやく】 CUT亜樹良のりかず
【美男には向かない職業】 CUT DUO BRAND.
【好きなんて言えない!】 CUT有馬かつみ

■五百香ノエル
【キリング・ビータ】シリーズ全4巻 CUT麻々原絵里依
【GENE《ゲーン》】シリーズ全9巻 CUT金ひかる
【白皙】 CUT須賀邦彦
【FALCON～記憶の迷図～】 CUT有馬かつみ

■池戸裕子
【アニマル・スイッチ】 CUT夏乃あゆみ
【TROUBLE TRAP!】 CUT峰倉かずや
【勝手にスクープ!】 CUTにゃおんたつね
【社長秘書の昼と夜】 CUT果桃なばこ
【あなたのいない夜】 CUT椎名咲月
【部屋の鍵は貸さない】 CUT鳴海ゆき
【共犯者の甘い罪】 CUT宝井さき
【エゴイストの報酬】 CUT新井サチ

【恋人は三度嘘をつく】 CUT新藤まゆり
【特別室は貸切中】 CUTともさか高子
【容疑者は誘惑する】 CUT梅沢はな
【狩人は夢を訪れる】 CUT汞りょう
【夜叉と獅子】 CUT羽根田実
【工事現場で逢いましょう】 CUT有馬かつみ
【お兄さんはカテキョ】 CUT汞りょう
【官能小説家の純愛】 CUT一ノ瀬ゆま

■烏城あきら
【発明家に手を出すな】 CUT長門サイチ
【スパイは秘書に落とされる】 CUT羽根田実
【檻《おり》】 CUT今 市子

■榎田尤利
【ゆっくり走ろう】 CUTやまかみ梨由
【歯科医の憂鬱】 CUT高久尚子
【ギャルソンの躾け方】 CUT宮本佳野
【アパルトマンの王子】 CUT緋色れーいち
【理髪師の、些か変わったお気に入り】 CUT二宮悦巳

■鹿住 槇
【優しい革命】 CUT橘 皆無
【甘える覚悟】 CUT穂波ゆきね
【別嬪レイディ】 CUT大和名瀬
【囚われた欲望】 CUT椎名咲月
【甘い断罪】 CUT不破慎理
【ただいま同居中!】
【ただいま恋愛中! ただいま同居中!2】 CUT夏乃あゆみ
【お願いクッキー】 CUT北畠あけ乃
【独占禁止!?】 CUT宮城とおこ
【となりのベッドで眠らせて】 CUT椎名咲月
【君に抱かれて花になる】 CUT真生るいす
【ヤバイ気持ち】 CUT穂波ゆきね
【恋になるまで身体を重ねて】 CUT宮本佳野

キャラ文庫既刊

【遺産相続人の受難】 CUT 鳴海ゆき
【天才の烙印】 CUT 宝井さき
【兄と、その親友と】 CUT 夏乃あゆみ

■川原つばさ

【泣かせてみたい①～⑥】
【ブラザー・チャージ 泣かせてみたいシリーズ】
【キャンディ・フェイク 泣かせてみたいシリーズ2】 CUT 禾田みちる
【プラトニック・ダンス】全6巻 CUT 沖麻実也

■神奈木智

【地球儀の庭】 CUT やまかみ梨由
【王様は、今日も不機嫌】 CUT 雁川せゆ
【その指だけが知っている】
【左手は彼の夢をみる その指だけが知っている2】
【くすり指は沈黙する その指だけが知っている3】
【そして指輪は告白する その指だけが知っている4】
【その指だけは眠らない その指だけが知っている5】 CUT 小田切ほたる
【ダイヤモンドの条件】
【シリウスの奇跡 ダイヤモンドの条件2】
【ノワールにひざまずけ ダイヤモンドの条件3】 CUT 須賀邦彦
【無口な情熱】 CUT 椎名咲月
【征服者の特権】 CUT 明森びびか
【御所泉家の優雅なたしなみ】 CUT 円屋榎英
【甘い夜に呼ばれて】 CUT 不破慎理
【密室遊戯】 CUT 羽根田実
【若きチェリストの憂鬱】 CUT 二宮悦巳
【オーナーシェフの内緒の道楽】 CUT 新藤まゆり
【愛も恋も友情も。】 CUT 香坂あきほ

【月下の龍に誓え】 CUT 円屋榎英

■剛しいら

【雛供養】 CUT 須賀邦彦
【顔のない男】
【見知らぬ男 顔のない男2】
【時のない男 顔のない男3】 CUT 北畠あけ乃
【青と白の情熱】 CUT かすみ涼和
【仇なれども】 CUT 今 市子
【色重ね】 CUT 高口里純
【赤色サイレン】 CUT 神崎貴至
【蜜と罪】 CUT タカツキノボル
【恋愛高度は急上昇】 CUT 亜樹良のりかず
【君は優しく僕を裏切る】 CUT 新藤まゆり
【シンクロハート】 CUT 小山田あみ
【マシン・トラブル】 CUT 笹生コーイチ
【命いただきます！】 CUT 麻生 海
【狂犬】 CUT 有馬かつみ
【盗っ人と恋の花道】 CUT 葛西リカコ

■ごとうしのぶ

【水に眠る月 —夢見の章—】
【水に眠る月② —霧雨の章—】
【水に眠る月③ —黄昏の章—】 CUT Lee
【熱情】 CUT 高久尚子

■榊 花月

【午後の音楽室】 CUT 依田沙江美
【白衣とダイヤモンド】 CUT 明森びびか
【ロマンスは熱いうちに】 CUT 夏乃あゆみ
【永遠のパズル】 CUT 山田ユギ
【もっとも高級なゲーム】 CUT 汞りょう
【ジャーナリストは眠れない】 CUT ヤマダサクラコ
【光の世界】 CUT 片岡ケイコ
【市長は恋に乱される】 CUT 北畠あけ乃
【恋人になる百の方法】 CUT 高久尚子
【冷ややかな熱情】 CUT サクラサクヤ

【狼の柔らかな心臓】 CUT 亜樹良のりかず
【つばめハイツ102号室】 CUT 富士山ひょうた
【夜の華】 CUT 高階 佑
【他人の彼氏】 CUT 汞りょう
【恋愛私小説】 CUT 小椋ムク
【地味カレ】 CUT 新藤まゆり
【待ち合わせは古書店で】 CUT 木下けい子

■桜木知沙子

【ご自慢のレシピ】 CUT 椎名咲月
【となりの王子様】 CUT 夢花 李
【金の鎖が支配する】 CUT 清瀬のどか
【解放の扉】 CUT 北畠あけ乃
【プライベート・レッスン】 CUT 高星麻子
【ひそやかに恋は】 CUT 山田ユギ
【ふたりベッド】 CUT 梅沢はな
【真夜中の学生寮で】 CUT 高星麻子

■佐々木禎子

【ロッカールームでキスをして】 CUT 高久尚子
【最低の恋人】 CUT 蓮川 愛
【したたかに純愛】 CUT 不破慎理
【ニュースにならないキス】 CUT 水名瀬雅良
【秘書の条件】 CUT 史堂 櫂
【遊びじゃないんだ！】 CUT 鳴海ゆき
【花嫁は薔薇に散らされる】 CUT 由貴海里
【蜜の香り】 CUT 新藤まゆり
【極悪紳士と踊れ】 CUT 汞りょう
【ミステリ作家の献身】 CUT 高久尚子
【僕の好きな漫画家】 CUT 香坂あきほ
【弁護士は籠絡される】 CUT 金ひかる
【執事と眠れないご主人様】 CUT 榎本

■秀香穂里

【くちびるに銀の弾丸】シリーズ全2巻 CUT 祭河ななを

キャラ文庫既刊

「チェックインで幕はあがる」 CUT高久尚子
「虜 —とりこ—」 CUT山田ユギ
「挑発の15秒」 CUT宮本佳野
「誓約のうつり香」 CUT海老原由里
「灼熱のハイシーズン」 CUT長門サイチ
「禁忌に溺れて」 CUT亜樹良のりかず
「ノンフィクションで感じたい」 CUT新藤まゆり
「艶めく指先」 CUTサクラサクヤ
「烈火の契り」 CUT彩
「他人同士」全3巻 CUT新藤まゆり
「堕ちゆく者の記録」 CUT高階 佑
「真夏の夜の御伽噺」 CUT佐々木久美子
「桜の下の欲情」 CUT汞りょう
「隣人には秘密がある」 CUT山田ユギ
「なぜ彼らは恋をしたか」 CUT梨とりこ

■愁堂れな

「身勝手な狩人」 CUT蓮川 愛
「ヤシの木陰で抱きしめて」 CUT片岡ケイコ
「十億のプライド」 CUT汞りょう
「愛人契約」 CUT水名瀬雅良
「紅蓮の炎に焼かれて」 CUT金ひかる
「やさしく支配して」 CUT香雨
「花婿をぶっとばせ」 CUT高久尚子
「誘拐犯は華やかに」 CUT神葉理世
「伯爵は服従を強いる」 CUT羽根田実
「コードネームは花嫁」 CUT汞りょう
「怪盗は闇を駆ける」 CUT由貴海里
「屈辱の応酬」 CUTタカツキノボル
「金曜日に僕は行かない」 CUT麻生 海
「行儀のいい同居人」 CUT小山田あみ
「激情」 CUT羽根田実
「二時間だけの密室」 CUT高久尚子
「月ノ瀬探偵の華麗なる敗北」 CUT亜樹良のりかず
「法医学者と刑事の相性」 CUT高階 佑

「嵐の夜、別荘で」 CUT二宮悦巳

■菅野 彰

「毎日晴天！」

「子供は止まらない 毎日晴天！2」

「子供の言い分 毎日晴天！3」

「いそがないで。 毎日晴天！4」

「花屋の二階で 毎日晴天！5」

「子供たちの長い夜 毎日晴天！6」

「僕らがもう大人だとしても 毎日晴天！7」

「花屋の店先で 毎日晴天！8」

「君が幸いと呼ぶ時間 毎日晴天！9」

「明日晴れても 毎日晴天！10」

「夢のころ、夢の町で。 毎日晴天！11」 CUT二宮悦巳
「野蛮人との恋愛」

「ひとでなしとの恋愛 野蛮人との恋愛2」

「ろくでなしとの恋愛 野蛮人との恋愛3」 CUTやしきゆかり
「高校教師、なんですが。」 CUT山田ユギ

■春原いずみ

「とけない魔法」 CUTやまねあやの
「チェックメイトから始めよう」 CUT椎名咲月
「白檀の甘い罠」 CUT明森びびか
「氷点下の恋人」 CUT片岡ケイコ
「恋愛小説のように」 CUT香雨
「赤と黒の衝動」 CUT夏乃あゆみ
「キス・ショット！」 CUT麻々原絵里依
「舞台の幕が上がる前に」 CUT禾田みちる
「神の右手を持つ男」 CUT有馬かつみ
「銀盤を駆けぬけて」 CUT須賀邦彦
「真夜中に歌うアリア」 CUT沖 銀ジョウ
「警視庁十三階にて」 CUT宮本佳野

■染井吉乃

「嘘つきの恋」

「蜜月の条件 嘘つきの恋2」


「誘惑のおまじない 嘘つきの恋3」 CUT宗真仁子

■高岡ミズミ

「この男からは取り立て禁止！」 CUT桜城やや
「ワイルドでいこう」 CUT紺野けい子
「愛を知らないろくでなし」 CUT長門サイチ
「愛執の赤い月」 CUT有馬かつみ
「夜を統べるジョーカー」 CUT実相寺紫子
「お天道様の言うとおり」 CUT山本小鉄子
「依頼人は証言する」 CUT山田シロ
「人類学者は骨で愛を語る」 CUT汞りょう
「僕が一度死んだ日」 CUT穂波ゆきね

■月村 奎

「そして恋がはじまる」 CUT夢花 李
「いつか青空の下で そして恋がはじまる2」
「アプローチ」 CUT夏乃あゆみ

■遠野春日

「眠らぬ夜のギムレット」 CUT沖麻実也
「ブルームーンで眠らせて 眠らぬ夜のギムレット2」
「ブリュワリーの麗人」 CUT水名瀬雅良
「高慢な野獣は花を愛す」 CUT汞りょう
「華麗なるフライト」 CUT麻々原絵里依
「砂楼の花嫁」 CUT円陣闇丸
「恋は饒舌なワインの囁き」 CUT羽根田実
「玻璃の館の英国貴族」 CUT円屋榎英
「芸術家の初恋」 CUT穂波ゆきね

■中原一也

「仁義なき課外授業」 CUT新藤まゆり

■鳩村衣杏

「共同戦線は甘くない！」 CUT桜城やや

■火崎 勇

「恋愛発展途上」 CUT蓮川 愛

キャラ文庫既刊

[三度目のキス] CUT 高久尚子
[ムーン・ガーデン] CUT 須賀邦彦
[グッドラックはいらない!] CUT 果桃なばこ
[お手をどうぞ] CUT 松本テマリ
[カラッポの卵] CUT 明森びびか
[寡黙に愛して] CUT 北畠あけ乃
[書きかけの私小説] CUT 真生るいす
[最後の純愛] CUT 宝井さき
[ブリリアント] CUT 麻々原絵里依
[メビウスの恋人] CUT 紺野けい子
[愚か者の恋] CUT 有馬かつみ
[楽天主義者とボディガード] CUT 新藤まゆり
[荊の鎖] CUT 麻生 海
[それでもアナタの虜] CUT 司狼 亨
[そのキスの裏のウラ] CUT 羽根田実
[お届けにあがりました!] CUT 山田シロ

■菱沢九月
[小説家は懺悔する]
[小説家は束縛する 小説家は懺悔する2]
[小説家は誓約する 小説家は懺悔する3] CUT 高久尚子
[夏休みには遅すぎる] CUT 山田ユギ
[本番開始5秒前] CUT 新藤まゆり
[セックスフレンド] CUT 水名瀬雅良
[ケモノの季節] CUT 汞りょう
[年下の彼氏] CUT 穂波ゆきね
[好きで子供なわけじゃない] CUT 山本小鉄子

■ふゆの仁子
[太陽が満ちるとき] CUT 高久尚子
[年下の男] CUT 北畠あけの
[Gのエクスタシー] CUT やまねあやの
[恋愛戦略の定義] CUT 雪舟 薫
[フラワー・ステップ] CUT 夏乃あゆみ
[ソムリエのくちづけ] CUT 北畠あけ乃
[プライドの欲望] CUT 須賀邦彦

[偽りのコントラスト] CUT 水名瀬雅良
[薔薇は咲くだろう] CUT 亜樹良のりかず
[ベリアルの誘惑] CUT 高階 佑
[愛、さもなくば屈辱を] CUT 汞りょう

■松岡なつき
[声にならないカデンツァ] CUT ビリー高橋
[ブラックタイで革命を]
[ドレスシャツの野蛮人 ブラックタイで革命を2] CUT 緋色れーいち
[センターコート] 全3巻 CUT 須賀邦彦
[旅行鞄をしまえる日] CUT 史堂 櫂
[GO WEST!] CUT ほたか乱
[NOと言えなくて] CUT 果桃なばこ
[WILD WIND] CUT 雪舟 薫
[FLESH & BLOOD①~⑮] CUT ①~⑪雪舟 薫/⑫~彩

■水原とほる
[青の疑惑] CUT 彩
[午前一時の純真] CUT 小山田あみ
[ただ、優しくしたいだけ] CUT 山田ユギ
[氷面鏡] CUT 真生るいす
[春の泥] CUT 宮本佳野
[金色の龍を抱け] CUT 高階 佑
[災厄を運ぶ男] CUT 葛西リカコ
[義を継ぐ者] CUT 高階 佑

■水無月さらら
[お気に召すまで] CUT 北畠あけの
[永遠の7days] CUT 真生るいす
[視線のジレンマ] CUT Lee
[恋愛小説家になれない] CUT 史堂 櫂
[なんだかスリルとサスペンス] CUT 円屋榎英
[正しい紳士の落とし方] CUT 長門サイチ
[オトコにつまずくお年頃] CUT 汞りょう
[シャンプー台へどうぞ] CUT せら
[社長椅子におかけなさい] CUT 羽根田実
[オレたち以外は入室不可!] CUT 梅沢はな

[九回目のレッスン] CUT 高久尚子
[裁かれる日まで] CUT カズアキ
[主治医の采配] CUT 小山田あみ

■水壬楓子
[桜姫]
[ルナティック・ゲーム 桜姫2]
[ミスティック・メイズ 桜姫3] CUT 長門サイチ
[シンプリー・レッド] CUT 汞りょう
[作曲家の飼い犬] CUT 羽根田実

■夜光 花
[シャンバーニュの吐息] CUT 汞りょう
[君を殺した夜] CUT 小山田あみ
[七日間の囚人] CUT あそう瑞穂
[天涯の佳人] CUT DUO BRAND.
[不浄の回廊]
[二人暮らしのユウウツ 不浄の回廊2] CUT 小山田あみ
[眠る劣情] CUT 高階 佑
[愛を乞う] CUT 榎本

■吉原理恵子
[二重螺旋]
[愛情鎖縛 二重螺旋2]
[攣哀感情 二重螺旋3] CUT 円陣闇丸
[相思喪曖 二重螺旋4]
[深想心理 二重螺旋5]
[間の楔] 全6巻 CUT 長門サイチ

〈2010年6月26日現在〉